당신 마음 가는 대로 살아도 됩니다

남이 원하는 나가 아닌 **내가 원하는 나로 살아가는 법**

당신 마음 가는 대로
살아도 됩니다

시미즈 켄 지음 | **정지영** 옮김

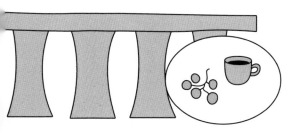

시그마북스
Sigma Books

당신 마음 가는 대로 살아도 됩니다

발행일 2021년 6월 21일 초판 1쇄 발행
지은이 시미즈 켄
옮긴이 정지영
발행인 강학경
발행처 시그마북스
마케팅 정제용
에디터 최윤정, 장민정, 최연정
디자인 강경희, 김문배

등록번호 제10-965호
주소 서울특별시 영등포구 양평로 22길 21 선유도코오롱디지털타워 A402호
전자우편 sigmabooks@spress.co.kr
홈페이지 http://www.sigmabooks.co.kr
전화 (02) 2062-5288~9
팩시밀리 (02) 323-4197
ISBN 979-11-91307-47-4 (03830)

* **시그마북스**는 ㈜**시그마프레스**의 자매회사로 일반 단행본 전문 출판사입니다.

인생에서 우리가 누릴 수 있는 특권은

진정한 자기 자신이 되는 것이다.

– 조지프 캠벨

머리말

　　인생의 중반에 접어들어 이제까지 살아온 자신의 삶을 돌이켜보면 '이대로 괜찮을까?'라는 의문이 머릿속에 떠오른다. 그리고 앞으로 남은 인생에 대한 불안과 갈등이 생겨 정신적으로 불안정한 상태에 빠지는 사람이 적지 않다. 이를 중년의 위기라고 한다. 대개 40대부터 이 증상을 느끼는 사람이 많다.

　　이 책에는 지금 중년의 위기를 지나는 사람들이 인생의 후반을 행복하게 보내기 위한 방법을 담았다. 그 내용은 내가 중년의 위기에 빠졌을 때의 경험과 암 환자 전문 정신과 의사로서 쌓아온 지식으로 채웠다. 중년의 위기에 빠졌을 때는 지금까지 오랫동안 품어온 환상이라고 할 만한 사고방식에서 벗어날 필요가 있다. 그 구체적인 대처법을 본문에 실었다.

사람은 나이를 먹으면서 점점 책임져야 할 일이 늘어나고, 업무량도 많아진다. 그러다가 매일 정해진 일정을 소화하는 것도 벅차게 된다. 시대의 변화를 따라가기도 쉽지 않아서 점점 주변 사람들보다 뒤처지는 느낌이 든다. 중간 관리직이라도 되면 상사와 부하 직원의 사이에서 갈팡질팡하는 상황에 놓이기도 한다. 회사 일은 인생의 일부분이라고 선을 긋고 취미 생활을 즐기며 느긋하게 살면 좋겠지만, 업무가 주는 중압감이 크고 책임감이 강한 사람일수록 그러지 못하고 고민만 깊어진다.

어째서 사람은 인생의 절반이 지날 때 정서가 불안정해질까? 우리는 인생의 전반에 '나는 계속 성장해서 나중에 멋지게 활약할 거야'라는 기대에 찬 환상을 품는다. 정서가 불안해지는 주요 원인은 이런 환상과 실제 자신과의 차이를 깨닫는 데 있다.

심리학자 칼 구스타프 융은 청년기에서 중년기로 가는 이행기를 '인생의 정오'라고 표현하고, 이 시기에 사람은 위기를 맞이해서 사고방식을 전환할 필요가 생긴다고 말했다.

인생은 한 번뿐이므로 성장 과정에 있는 인생의 전반에는, 정오에서 오후로 넘어가면서 하락하는 변화를 미리 실감할 수 없다. 인생의 후반에 들어갔을 때 비로소 쇠퇴해가는 것을 인식한다. 그때는 무작정 열심히 해왔던 자세를 바꾸고, 자기 자신의 내면을 들여다볼 필요가 있다.

여러분은 지금까지 어떤 가치관을 지침으로 삼고 살아왔는가? 중년기가 되어 정신적으로 불안정한 상태에 빠져 있는 여러분은 어쩌면 사회에서 배운 가치관을 바탕으로 노력해왔을지도 모른다.

하지만 그런 가치관이 자신에게 정말로 중요한지 마음속으로 충분히 곱씹어 보았는가? 부모나 교사, 선배가 해준 말이기 때문에 맹목적으로 옳다고 믿지 않았는가? 그 가치관은 사실 여러분을 행복하게 해주는 것이 아니라 사회에 적응시키기 위한 것이었을지도 모른다.

젊은 시절에는 자신이 점점 성장해 나간다는 환상을 품고, 사회에 적응하기 위해 자기 자신에게 인내를 강요하며 노력한다. 그러나 아무리 노력해도 나이를 먹어가면서 실제 인생길에 보이는 풍경은 젊은 시절의 예상과 다르다는 것이 마음에 걸리기 시작한다.

그리고 40대에 접어들면 심각한 수준은 아니더라도 뭔가 마음속에 응어리 같은 것을 느끼기 시작하는 사람이 많다. 증상이 더 진행되어 젊은 시절 그렸던 환상이 무너진다면 어느 날 갑자기 망연자실한 상태로 꼼짝 못 하게 될지도 모른다.

중년의 위기에 빠졌을 때는 적절한 대처가 필요한데, 신경 쓰지 않으면 문제를 악화시키는 방향으로 가기도 한다. 예를 들자면, 지금보다 더 노력하려고 하는 것도 잘못된 방식이다. 이미 지친 자신에게 더욱 채찍질을 가해 실적을 올리려고 발버둥 치거나 젊음을 되찾기 위해 과도한 다이어트에 매진하는 사람이 그렇다.

나이가 들면서 찾아오는 노화를 계속 거스르려는 것은 본래 불가능한 일이므로 계속해서 억지를 부리면 결국 무너질 것이다. 자칫하면 마음의 에너지가 고갈되고 우울증에 걸려 문제를 더욱 악화시키게 된다.

중년의 위기에 빠진다면 지금까지 해온 방식에 연연하지 말고 제대로 문제를 분석해서 신중하게 대처해야 한다. 그러기 위해 먼저 젊은 시절부터 품어온 환상 때문에 마음속에 응어리가 생긴다는 것을 인식하고, 환상에서 벗어날 각오를 하는 일이 맨 첫걸음이다.

여기에서 오해하지 않도록 하나 덧붙여 두자면, 인생 후반에 밝은 미래가 없다고 말하는 것은 아니다. 장담하지만 인생 후반에는 풍요로운 인생이 기다리고 있다. 숨길 것 없이 나 또한 중년의 위기에 빠져서 한동안 우울증의 문턱에서 방황했지만, 지금은 위기를 극복했다.

사회에서 배운 가치관에서 한 발 뒤로 물러나 자기 자신을 다시 한번 들여다보고, 진심으로 원하는 삶의 방식을 선택하면 인생 후반에는 지금까지 없던 빛나는 삶을 만날 것이다. 중년의 위기로 인한 변화를 극복한다면 풍요로운 인생 후반을 보낼 수 있다는 것은 심리학 이론에서도 보이고, 문학 속에서도 다양한 말로 표현되어 있다.

나에게 인생 후반의 풍요로운 인생으로 가는 지름길을 무엇보다 명쾌하게 보여준 이들은 암이라는 병마와 맞선 내 상담자들이다. 암이라는 병은 '나는 언제까지나 계속 성장할 것이다'라는 환상을 단숨에 깨뜨리면서 동시에 죽음을 의식하게 한다. 인생에 한계가 있다는 진실을 다짜고짜 들이미는 존재다. 우리는 가능하다면 죽음에서 눈을 돌리고 싶어 한다. 하지만 의식한다면 다양한 생각을 하게 된다.

암에 걸리면 처음에는 누구나 충격을 받는다. 그리고 머지않아 '한정된 인생을 어떻게 살아가야 하는가?'라는 질문이 떠오른다. 그래서 나에게 상담을 받으러 오는 사람이 많다. 나는 그런 사람들에게 도움을 주려고 온 힘을 다한다. 상담자들이 나에게 보여준 삶의 방식은 전부 강한 설득력이 있었다. 그 사람들에게 살아가기 위해 중요한 것이 무엇인지 삶의 본질적인 부분을 많이 배웠고, 결과적으로 내 인생은 매우 풍요로워졌다.

마지막으로 중년의 위기를 맞닥뜨리는 일은 괴로울지도 모르지만, 환상을 바탕으로 한 젊은 시절의 꿈에서 벗어나 진정으로 행복한 인생을 얻을 기회도 된다는 것을 강조하고 싶다.

새로 시작하는 여러분의 인생 후반에 이 책의 내용이 참고가 된다면 더할 나위 없이 기쁠 것이다.

2020년 9월

시미즈 켄

차례

제 2 장

마음껏 슬퍼하고
마음껏 우울해하라 _부정적인 감정에 꺾이지 않는 마음을 만든다

제 3 장

다른 사람의 기대에
부응하지 않는 삶 _내가 원하는 나로 살아간다

제 4 장

나는 있는 그대로
살아가기로 했다 _자신을 긍정하면 인생에 사랑이 생긴다

제 5 장

지금을 살아가지 못하면
세상이 무미건조해진다 _지금 이 순간을 즐겨라

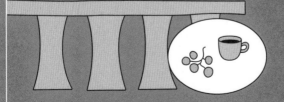

제 **1** 장

인생 후반의 마음을
어지럽히는 환상

1

어째서
중년의 위기에
빠지는가?

머리말에서 말했던 대로 중년의 위기에 빠지는 원인은 지금까지 그려온 미래의 청사진이 환상이었다는 것을 깨닫기 때문이다. 사람은 젊은 시절에 세상 물정을 잘 모르기 때문에 자기 자신을 과신해서 큰 꿈이나 희망을 품는데, 중년기가 되면 그것이 실현되지 않는다는 것을 실감한다.

젊을 때는 자신이 쇠퇴해간다는 것을 머리로는 알고 있어도 별로 의식하지 않는다. 나이 든 사람이 "나이를 먹으면 몸이 말을 듣지 않는다"라고 말해도 그저 남 일 같아서 나중에 자신이 그렇게 된다는 위기감이 없다. 따라서 자신이 항상 발전하는 이미지를 그리며 미래를 설계한다.

그러나 환상을 상실하는 경험은 중년기에 시작되는 것이 아니다. 사실 우리는 중년기가 되기 전부터 성장 과정에서 환상이 깨지는 다양한 경험을 반복한다. 중년의 위기를 이야기하기 전에 인생 전반의 성장 과정에서 마주해온 상실에 관해 먼저 이야기해보자.

어린 시절에는 무엇이든 될 수 있었다

어린 시절 나는 넓은 공원에서 플라스틱 야구 방망이와 고무공으로 친구들과 야구를 했다. 당시 오 사다하루* 선

---

* 대만 출신으로 일본에서 활약한 유명 야구 선수. 한국에는 왕정치라고 알려져 있다. - 옮긴이

수가 야구 영웅이라서 나는 타석에 들어갈 때 "4번 타자, 오"라고 스스로 나를 위해 방송을 했다. 이때 나는 오 선수로 변신해서 마치 영웅이라도 된 것 같았다.

어린아이에게는 자신이 살아가는 세계가 전부이며, 그것이 세상에서 상대적으로 얼마나 작은지 알지 못한다. 따라서 나는 프로 야구에서 스타 선수가 되는 것이 얼마나 어려운 일인지 상상도 못했고, 야구를 잘하는 친구들은 모두 프로 야구 선수가 될 거라 생각했다. 당시에는 스타 선수가 되는 꿈을 이룰 수 있다고 굳게 믿었다.

물론 지금 여러분이 아이와 역할 놀이를 하더라도 예전처럼 영웅으로 변신해서 만족감을 얻을 수는 없다. 아이만이 그 세계에 빠져들 수 있기 때문에, 우리는 그저 아이들을 위해 도움을 받는 척 연기하고, 아이가 기뻐하는 표정을 보고 즐거워할 수 있을 뿐이다.

어린 시절 아이들은 세상이 완전히 자신을 중심으로 돌아간다고 믿고, 자기가 원하는 것을 이룰 수 있다고 생각한다. 이것을 발달심리학 분야에서는 '자기중심성'이라고 한다. 자신이 중심이므로 좋은 일만이 아니라 나쁜 일도 포함해서 세상에 일어나는 일이 전부 자기 탓이라고 생각하는데, 현실과 떨어져 있다는 의미에서 '마술적 사고'라고도 한다.

세상에 일어나는 일이 모두 자기 탓이라고 믿는 경향 때문에 주의해야 할 것도 있다. 예를 들어, 부모가 암에 걸렸다는 사실을 어린아이에게 전달하는 것도 필요한 일이지만, 나이에 맞는 배려가 필요하다. 어머니가 암에 걸렸을 때 "그건 네 탓이 아니야"라고 알려주지 않으면 "엄마가 암에 걸린 건 내가 나쁜 짓을 해서 그래"라고 자책할지도 모른다.

우물 안
개구리라는 것을
깨닫는다

성장 과정에서 어린 시절의 마술적 사고는 점차 자취를 감추고, 초등학교 고학년 정도가 되면 소중한 사람이 병에 걸렸다고 한들 자기 탓이라고 생각하는 일은 드물다. 그러나 아직 자신이 살아가는 좁은 커뮤니티가 세상의 전부라는 느낌은 남아 있다.

대개 고등학생이 될 무렵에는 세상을 보는 눈이 한층 넓어져서 자신을 더 객관적으로 보게 된다. 예를 들자면, 중학교 때까지는 성적이 우수해서 자기만큼 머리 좋은 사람도 별로 없다고 생각하지만, 고등학교에 들어가서 넓은 지역에서 모인 성적이 비슷한 동급생들을 보면, 자신과 수준이 비슷한 사람들은 얼마든지 있음을 알게 된다. 세상은 넓고 위에는 또 위가 있다는 사실을 뼈저리게 느끼는 것이다.

이렇게 인생 전반에는 살아가는 세계가 넓어지면서 세상 속의 자신을 상대적으로 파악하게 되고, 마술적 사고는 점점 사라진다. 그러나 아직 장래를 낙관적으로 보고 있으며, 원대한 꿈을 품을 수 있다.

※ 이 책에서는 중년의 위기에 이르는 과정을 설명하면서 어린 시절에 보이는 낙관적인 전능감과 건전한 발달에

초점을 맞추고 있다. 아이가 다양한 일에 쉽게 좌절하고, 정신적으로 위기를 맞는 경우에 대한 설명은 다른 서적들에게 맡겨 두겠다.

미래에 대한
근거없는
전능감

이렇게 말하고 있지만, 사실 나도 내 친구도 고등학교 시절에는 미래에 큰 기대를 품었다. 당시 친구와 어깨동무를 하고 유행하는 노래를 부르면서 "우리, 어른이 되면 큰 사람이 되겠지?"라고 이야기했다. 큰 사람이 된다는 근거는 어디에도 없었고, 애초에 큰 사람이 된다는 것이 어떤 뜻인지도 잘 몰랐지만, 미래를 향한 터무니없는 기대로 한껏 부풀어 있었다. "나는 나중에 뭐든지 생각대로 할 수 있어"라는 근거 없는 전능감이 있었던 것이다.

요즘 세상에서 큰 사람에 가까운 존재는 누구일까? 대

통령, 대기업 사장, 유명한 아티스트나 배우일까? 내가 고
등학생이었던 시절에는 아직 거품경제가 꺼지기 전이라
서 세상에 에너지가 넘쳐나기도 했지만, 그저 젊은 혈기로
그렇게 믿었다고 하자니 조금 부끄럽다.

　젊은 시절에는 연애도 완벽할 것이라는 특이한 믿음이
있다. 사랑은 맹목적이라고 하지만, 상대가 꿈에 그리던
이상형으로 보여서 '너만 있으면 나는 평생 행복할 거야.
나는 너를 위해 모든 것을 바치겠어'라는 감정을 느낀다.

　그러나 '너만 있으면 평생 행복하다'라고 생각하는 현
실적인 근거는 없다. 상대가 자신의 이상형이라고 억지로
끼워 맞출 뿐이다. 한동안 사귀면서 서로 알아가게 되면
환상이 깨지기 시작하는 것이 그 증거다. 평생 소중히 할
사람이 생겼다는 친구에게 "여자 친구하고 어떻게 됐어?"
라고 물으면 "그 애는 이상형이 아니었어. 그래서 헤어졌
지"라거나 "내가 그렇게 좋다고 할 때는 언제고 갑자기 헤
어지자고 하더라"라는 말을 종종 들었다.

　교제나 결혼생활을 오래 지속하는 비결은 상대를 이상
적인 존재로 보는 것이 아니라 오히려 서로 장단점이 있

는 사람이라는 것을 인정한 뒤에 어떻게 하면 함께 생활할 수 있는지, 서로 거리를 좁히는 것이다. 가정을 평온한 장소로 만들려면 어느 정도 노력이 필요하다. 그러나 인생 전반에는 사랑이 깨지는 원인이 자신의 제멋대로인 믿음에 있다는 것은 생각하지 못하고, '고른 상대가 내 이상과 다르다'라고 생각해서 현실을 돌아보지 않는다.

고등학생 시절의 짧은 생각은 나이가 들면서 점점 사라지고, 사회인이 되면 업무든 연애든 서서히 현실적으로 바라보게 되어 세상이 간단하지 않다는 사실을 알게 된다. 그러나 그렇게 현실적으로 외부 세계를 봐도 인생의 전반에는 마지막까지 잃지 않는 것이 있다. 바로 '나는 계속 성장하고 있다'고 자기 자신을 보는 방식이다.

인생은 한 번뿐이므로 성장 과정에 있는 인생의 전반에는 자기 자신의 성장이 끝나고 하락하는 변화를 미리 느낄 수 없다. 인생 후반에 접어드는 중년기가 되어야 사람은 쇠퇴해가는 것을 실감한다.

30대에는 예감은 하지만, 대부분 실감은 하지 못한다. 그때는 아직 자신의 몸에 결정적인 노화가 보이지 않는데

다가 경험을 쌓을수록 지식이 늘어가므로 '나는 앞으로
도 성장할 수 있다'고 계속 생각하게 된다.

자신이 계속
성장할 수 있다는
환상

중년기가 되면 '나는 앞으로도 성장할 수 있다'라는 환상
이 마침내 무너지게 된다. 젊은 시절에는 얼마든지 무리해
서 노력할 수 있다. 나도 그랬지만 10대, 20대에는 몸 상태
를 관리하는 데 신경 쓰지 않았다. 몸은 내가 말하는 대로
되고, 생각하는 대로 움직였다. 조금 혹사한다고 해도 상
관없었다. 밤새워 일하거나 휴일에 출근해도 다음 날 활기
차게 일했다.

　나는 20대 인턴 시절, 응급실 야간 당직을 서면서 지도
의사 옆에서 공부를 하고 있었다. 나에게 당직이란 새로운
경험을 통해 의사로서 성장할 수 있는 기회였으며, 성취감

을 느낄 수 있었기 때문에 병원에 머무르는 것이 전혀 괴롭지 않았다.

당시 나는 몸을 혹사시키고 있다는 것을 몰랐기 때문에 나이 든 지도 의사가 당직이 정말 힘들다며 다음날 피곤한 모습으로 나타나는 것이 이상했다. 지도 의사를 물러터진 사람이라고도 생각했다. 지금 돌이켜보면 정말 예의 없는 생각이었다. 그 시절 나에게 "넌 정말 아무것도 몰라. 결국 알게 되겠지만, 너도 40대가 되면 밤새고 난 뒤 완전 나가떨어지게 될 거야!"라고 말해주고 싶다.

30대에 들어가면 서서히 무리하는 것이 힘들어진다. 다만 아직 절박감이 생길 정도는 아니다. 조금 피로해도 '요즘 운동이 부족하니까 어쩔 수 없지'라고 자신을 타이른다. 이 단계에서는 아직 헤쳐나갈 수 있다는 마음이 들기 때문인지 '몸을 조금 단련하면 또 기운이 날 거야', '다이어트를 해서 살을 빼면 곧 생기가 돌 거야'라는 식으로 별로 심각하게 받아들이지 않는 사람이 많다.

그러나 40대가 되면 본격적으로 억지 노력이 통하지 않는 때가 온다. 몸 상태를 관리하지 않으면 사람에 따라 다르지만 어깨가 심하게 결리거나 허리 통증에 시달리는 경우가 많다. 달리면 바로 숨이 차고, 대사가 떨어지므로 식생활에 신경 쓰지 않으면 점점 살이 붙는다.

젊은 시절에는 수면에 신경 쓰는 일도 없었는데, 40세가 넘으면 아침에 상쾌하게 눈을 뜨지 못하고 온종일 집중력이 떨어지는 것이 힘들어 수면에 관련된 정보를 찾게 된다. 여기까지 오면 몸을 보는 이미지가 사뭇 달라질 것이다.

20대에는 몸을 조금 혹사해도 마음대로 움직일 수 있다고 믿었지만, 그런 신뢰는 완전히 사라진다. 어느새 자기 몸은 소중히 다루지 않으면 금방 피곤해지는 성가신 존재가 된다. 자신의 마음을 지탱해주던 '나는 언제까지나 노력할 수 있고, 성장할 수 있다'라는 환상은 이 사실을 깨닫는 순간 무너져 내린다.

특히 관심 없는 일에 에너지를 쏟기가 어려워진다. 20대에는 새로운 일을 배우거나 능력을 키우려고 노력하는 것이 즐겁기도 했지만, 이제 몹시 힘들다. 이쯤 되면 꾸준한 노력이라는 말과는 담을 쌓게 된다.

실제로 중년의 위기를 경험한 사람이 그 시기를 컵에 담긴 물에 빗대어 이야기하는 것을 들은 적이 있다. 40대에 접어들면 모르는 사이에 컵에 물이 서서히 고인다. 하지만 당시에는 물이 조금씩 고인다는 사실을 알지 못한다. 컵에 물이 가득 차기 전까지는 조금 지쳤다는 인식밖에 없지만, 막상 컵에 물이 넘치고 나면 너무 늦는다. 그 단계에서 다시 일어서는 것은 간단하지 않다. 이 이야기를 해준 사람은 실제로 회사를 휴직했다.

계속 환상을
붙들고 있는 것은
위험하다

컵에 물이 고일 때는 '나는 항상 노력할 수 있고, 성장할 수 있다'라는 환상을 붙들고 있으면 안 된다. 이상한 표현처럼 들릴지도 모르지만, 40대 정도가 되면 지나친 노력은 안 하느니만 못할 수도 있다.

이제껏 자신을 채찍질하면서 억지로 밀어붙여온 사람일수록 소중히 품어온 환상에서 벗어나기란 쉽지 않은 일이다. 자신이 열심히 하지 못하는 것은 노력이 부족하기 때문이고, 스스로 게으르다고 생각하기 시작하면 자기혐오에 빠지기도 한다.

의지력이 강한 사람이라면 자신을 더욱 채찍질해서 사회적 지위를 상승시킬 수도 있다. 그러나 이런 경우 어느 정도 인정욕구가 채워진다고 해도 무리하면서 받는 고통이 훨씬 크기 때문에 노력하는 즐거움을 느끼지 못한다. 결국 '앞으로 계속 열심히 살아간들 도대체 무슨 의미가 있을까?'라는 의문이 고개를 든다.

자기 몸이 어떤 일이든 원하는 대로 움직여주던 젊은 시절의 느낌을 잊지 못해서 생기는 폐해는 또 있다. 예를 들어, 40세가 넘어가면 수면의 질이 서서히 떨어진다. 생활습관을 고쳐서 개선할 수도 있지만, 개선되지 않는 부분은 "나이가 들면 원래 그런 거야"라며 좋은 의미에서 포기할 필요도 있다. 그러나 젊었을 때처럼 푹 자고 아침에 상쾌하게 눈을 뜨는 느낌을 얻으려고 발버둥 치면 수면제를 사용하게 된다. 수면제의 복용량이 점점 늘다보면 수면제에 의존하게 될지도 모른다.

수면제를 먹는 정도라면 상황이 심각하지는 않지만, 생기가 넘치던 젊은 날의 상쾌한 느낌을 되찾고자 각성제 등 위법적인 약물에 손을 대기 시작하면 약물 중독에서 헤어나올 수 없는 삶이 기다리고 있다.

그래서 괴롭더라도 환상에서 벗어나 현실에 눈을 돌려 그 위에서 행복을 찾겠다고 각오해야 한다. 그 현실이란 무엇일까? 입에 올리기 몹시 두려운 일이지만, 인생 후반에는 서서히, 그러나 확실히 늙어가다가 마지막에 죽는다는 종착점이 있다. 또 죽음으로 가는 과정에서 큰 병에 걸릴지도 모른다.

너무 직설적으로 이야기한다고 생각할 수도 있다. 그러나 이것은 매우 중요한 일이며, 불교에서 말하는 유명한 가르침인 '생로병사'와 같은 이야기다. 생로병사는 네 가지 고통이라고도 하는데, 이것은 인간의 일이며, 인간이 조종할 수 없다고 가르치고 있다. 불교에서는 반드시 부정적인 문맥이 아니라 인생의 진실을 깨닫게 해주는 기회라고도 한다.

그렇다면 '나는 계속 성장할 수 있다'라는 환상에서 벗어난 다음에 얻을 수 있는 현실을 전제로 한 행복이란 무엇일까? 뒤에서 자세히 설명하겠지만, 이런 환상에서 벗어나면 사람은 미래를 위해 현재를 희생하지 않고 지금을 살아가는 데 온전히 마음을 쓰게 된다. 그렇게 하면 인생의 전반에는 보이지 않던 풍경이 보일 것이다.

사회적으로 성공하면
행복해진다는
환상

중년기에 사라지는 환상에는 두 가지가 있다. 하나는 지금까지 말했던 '나는 계속 성장할 수 있다'라는 환상이다. 하나 더 이 시기에 무너지는 환상은 '사회에 적응해서 성공하면 행복해진다'라는 노력의 방향성에 관한 것이다.

누구나 철이 들기 전에는 천진난만하게 눈앞의 펼쳐진

다양한 대상에 흥미를 보인다. 마음 내키는 대로 놀고, 싫은 것은 싫다고 말하며, 괴로운 일이 있으면 눈물을 흘린다. "우주의 끝은 어떻게 생겼을까?", "사람은 죽으면 어떻게 될까?"라는 소박하고 본질적인 의문을 품기도 한다. 그러나 마음 내키는 대로 살아가던 모습은 점점 가공된다. "사람은 죽으면 어떻게 돼?"라고 질문하면 "그런 건 생각하지 않아도 돼"라고 얼버무리는 답을 듣기 때문인지도 모른다.

내 시대에는 특히 그랬지만, 어린 시절에 예의범절을 배우기 시작해서 초등학교 이후에는 체계적인 교육을 받으면서 높은 점수를 받아 좋은 대학에 가고, 유명한 회사에 들어가면 행복해진다는 가치관이 심어졌다. 그런 가치관에 맞추어 살아가려면 정말 하고 싶은 것이 있어도 욕구를 억누르고 참아야 했다.

많은 것을 참고 살다 보면 사춘기에 '나는 왜 사는가?'라는 의문이 생기기도 하지만, 그래도 많은 사람이 사회인이 되면 다시 그 의문을 억누른다. 게다가 조직 속에서 살아가다 보면 인내가 당연해지면서 자신이 인내하고 있다는 것을 자각하지 못하기도 한다.

요즘 시대에는 맞지 않지만, '멸사봉공'이라는 말이 있는데, 예전 일본에서는 당연하게 받아들이는 가치관이었다. 멸사봉공의 의미는 '사리사욕을 버리고 주인과 공익을 위해 충성을 다한다'인데, 이것은 노력의 방향성과 관련되어 빠지는 환상의 전형적인 예라고 할 수 있다. 그런 방식으로 살아온 사람이 중년의 위기에 가장 빠지기 쉽다고 말할 수 있다.

예전 일본에서는 이 말을 실생활에 옮겨놓은 것처럼 자신이나 가족의 행복은 두 번째이고 모든 것을 회사에 바치는 방식이 올바르며 당연하다고 믿던 시대가 있었다. 당시에는 종신고용이 유지되어 회사도 사원을 가족처럼 소중히 하는 것이 전형적인 일본식 경영 방식이었다.

그러나 지금 종신고용의 시대는 무너졌고, 일본을 대표하는 기업인 토요타 자동차의 토요타 아키오 사장이 "종신고용을 지속하기가 어렵다"라고 단언한 것이 아직도 기억에 새롭다. 인생의 중반까지 회사만을 바라보며 모든 것을 회사에 바쳐온 사람은 정리해고를 당해 회사가 자신을 지켜주지 않는다는 현실을 깨닫는 순간 마음 속에서 타협하기가 힘들다.

'참고 인내하며 회사에 모든 것을 바쳤지만 회사는 그것에 부응해주지 않는구나. 지금까지 해온 노력은 도대체 무슨 의미가 있단 말인가?'

이런 생각에 마음은 공허해지고 허무함만이 남는다.

설령 운 좋게 회사에서 정년까지 근무했다고 해도 멸사봉공의 정신으로 살아온 삶은 어딘가에서 막다른 골목을 만난다. 회사를 자신의 집이라고 생각해서 모든 것을 회사에 바친 사람은 퇴직과 함께 집에서 쫓겨나는 셈이므로, 그 후 갈 곳을 찾지 못하고 방황하기 때문이다. 실제로 퇴직 후에 우울증에 걸리거나 침울한 기분을 달래기 위해 술을 마시다가 알코올 의존증이 되는 사람도 있다. 퇴직 후에는 직함도 없어지고, 회사의 일원이라는 정체성도 없어지는 탓이다.

인생 후반에 접어들면 점점 이런 전체의 모습이 보여서 앞으로 자신의 커리어가 예측되고, 퇴직 후 자신의 모습을 의식하게 된다. 그리고 지금까지 노력해온 방향이 환상

임을 깨닫는다.

'퇴직 후에는 내 정체성이 없어질 거야. 일만 하다가 나중에 고독해지면 어떡하지?'

이런 식으로 생각하면 중요한 업무를 맡고, 회사에 업적을 남겨 출세하는 일이 인생의 전반 때만큼 의미 있게 와닿지 않는다.

이렇게 '사회에 적응해서 성공하면 행복해진다'라는 환상은 점점 퇴색되어간다. 한편으로 '그러면 어떤 방향으로 나아가야 내 마음이 진정 풍요로워질까?'라는 물음에는 아무도 답을 가르쳐주지 않으므로 나아갈 길을 잃어 망연자실하기도 한다. 물론 지금까지 품어온 가치관에 얽매여 환상에서 벗어나지 못하는 사람도 많을 것이다.

그러면 공허함을 안고 있으면서도 회사에서 쓸모없는 사람이라는 취급을 당할 것이 두려워서 하기 싫은 업무도 마지못해 받아들인다. 그러나 40대를 지나면 흥미가 없는 일에 에너지를 쏟기가 특히 어려워지고, 떠맡은 업무만 소화하기도 벅차다. 그러므로 밀어닥치는 업무에 허덕이고 있다는 느낌을 받는다.

젊은 시절에는
환상이
필요했다

여기까지 인생 전반에는 두 가지 환상이 있고, 어떤 의미로는 이 환상을 원동력으로 살아간다는 것을 이야기했다. 다만 환상이 나쁘다고 말하고 싶은 것은 아니다. 인생 전반에는 환상이 필요하다. 젊은 시절에는 아직 보지 못한 미래에 커다란 희망과 불안을 안고 있으므로 다양한 일에 도전한다. 그리고 이 도전이 세상을 변혁해 인류가 앞으로 나아가기 위한 원동력이 된다.

만약 젊은이가 도전하지 않고, 고령자가 그러하듯이 인생을 달관한다면 세상이 얼마나 활기 없고 따분해지겠는가. 또 젊은 시절의 도전은 후회가 되지 않는다. 인생 후반에 환상에서 깨어나 젊은 시절을 되돌아본다면 과거 도전적이었던 자신을 그리워하며 "젊은 시절에는 세상 물정을 몰라서 무모했지만 그때가 즐거웠지"라고 말할 것이다.

이런 도전으로 얻은 경험은 그 사람의 지혜가 되고, 그

지혜는 인생 후반에서도 반드시 빛을 발한다. 오해가 없도록 말해두지만, 나는 인생 전반에 했던 도전을 부정할 의도가 전혀 없다. 인생이 후반으로 접어들 때 색이 바랜 환상을 떠나보내고, 새로운 삶의 방식을 찾을 필요가 있다고 말하고 싶다.

스티브 잡스가
부를 중요하지 않다고
말한 까닭

누구나 어떤 시점에서 안고 있던 환상과 현실의 차이를 깨닫기 때문에 인생 후반이 되면 정도의 차이는 있다고 해도 대부분 중년의 위기에 빠진다. 그리고 그 차이가 클수록 위기도 커진다.

위기를 맞닥뜨렸을 때는 인생 전반에 그려왔던 환상에 매달리고 싶을 테지만, 그것이 아니라 '환상에서 벗어날 때가 왔다'라고 인식하는 것이 중요하다. 앞으로 자신이 늙어간다는 현실을 제대로 응시하고 그것을 전제로 한 삶의 방식과 행복을 탐구해야 한다. 중년의 위기는 괴로운 시기이지만, 사람을 성숙하게 하고 인생 후반의 삶을 풍요롭게 하기 위해 새로운 삶의 방식을 찾는 통과점이라는 의미도 있다.

그러면 그 길에 이정표가 있을까? 대답은 '그렇다'다. 나는 그것을 암 투병하는 사람들의 이야기 속에서 발견했다. 나 역시 중년의 위기에 빠졌을 때 상당히 고통스러웠다. 힘이 나지 않았고 공허함이 가득했을 때 투병 중인 암환자에게 인생에서 소중한 것이 무엇인지 이야기를 들으면서 내 마음은 점점 따뜻해졌다.

그들은 암에 걸려서 비록 살아갈 시간이 얼마 남지 않았다고 해도 풍요롭게 살아갈 수 있다는 것을 가르쳐주었다. 그 풍요로운 세상에서는 다른 사람과 경쟁해서 손에 넣은 지위, 업적, 돈은 아무런 상관이 없다. 그곳에는 인간의 온기나 자연의 아름다움을 깨닫는, 자기 내면의 풍요로움을 탐구하는 세계가 있다.

스티브 잡스는 마지막에 "내가 쟁취한 부는 죽을 때 함께 가져갈 수 없다. 내가 가져갈 수 있는 것은 애정 넘치는 추억뿐이다"라고 말했다고 한다. 이 말에서도 그것이 단적으로 드러난다.

헤르만 헤세의 시가 가르쳐준 것

목표를 향해

항상 나는 목표 없이 걸었다. 결코 쉬려고 생각하지 않았다. 내 길은 끝이 없는 것 같았다. 마침내 나는 그저 빙글빙글 돌면서 걷고 있을 뿐이라는 것을 알고 여행에 질렸다. 그날이 내 생활의 전환기였다. 주저하면서 나는 지금 목표를 향해 걷는다. 내 모든 길 위에 죽음이 서서 손을 내밀고 있음을 알고 있기에.

— 『헤르만 헤세 시집』, 헤르만 헤세

앞서 중년의 위기에서 빠져나오려면 빨리 환상에서 벗어나 현실과 맞닥뜨려야 한다는 전제 조건이 있다고 했다. 그리고 가장 먼저 벗어나야 할 환상은 '나는 계속 성장할 수 있다'는 것이었다. 인생 후반에는 자신이 서서히, 그러나 확실히 늙어갈 것이며, 언젠가 큰 병에 걸릴 수도 있고, 마지막에는 죽음이라는 종착점이 기다리고 있다는 진실과 마주해야 한다.

암을 선고받으면 심각한 병을 실제로 겪게 되고, 늙어간다는 노화를 예감하면서 죽음이라는 인생의 종착점이 더 확실히 와닿는다. 즉, 인생 후반에 마주해야 할 진실이 강력하고도 강제적으로 밀어닥친다.

죽음이라는 종착점이 강하게 의식되면 '사회에 적응해서 성공하면 행복해진다'는 두 번째 환상도 스티브 잡스가 그랬던 것처럼 자취를 감춘다. 그리고 행복이 어디에 있는지 찾는 여정에 내몰리게 된다.

당연히 암에 걸려서 다행이라는 사람은 없지만, "암에 걸리지 않았다면 이런 것을 깨닫지 못했을 것이다"라는 사람은 많았다. 암에 걸린다는 것은 인생의 진실을 깨닫는 데 강력한 작용을 하는지도 모른다.

　그래서 암 투병을 하고 인생의 목적을 탐구한 사람들이 깨달은 것은, 중년의 위기를 맞아 앞으로 여정에 나설 사람들에게 선인의 지혜가 되어준다. 그것은 이제부터 여정에 나서는 사람들에게 든든한 이정표가 되어줄 것이다. 헤르만 헤세의 시는 이를 가리키고 있다.

강인한
아버지가
아니어도 된다

암 투병을 하면서 나에게 인생 후반의 길을 보여준 한 사람을 소개하겠다. 54세인 센가 야스유키 씨는 IT 관련 기업에서 신규 사업을 개척하는 책임자로 전국을 돌아다니는 일 중독자였다. 아내와 세 아이가 있었던 센가 씨는 가족을 지키는 강인한 아버지가 자신의 역할이라고 생각했다. 그런데 어느 날 진행성 폐암이라는 선고를 받고, 그대로 두면 5년 생존율이 5%라는 말을 들었다.

"폐문에 병소가 있고 림프샘에 전이되었습니다. 동맥에 인접하고 있어서 수술이 어렵습니다. 항암제 치료와 흉부 방사선 치료를 조합해서 하는 게 좋겠네요. 다만 이 치료도 5년 생존율 5%를 20%로 올리는 정도라는 것을 이해해주시기 바랍니다."

이렇게 담당 의사에게 선고받은 센가 씨는 '결국 나는 암으로 죽는구나'라고 그저 담담하게 받아들였다. 그리고 처음으로 머릿속에 스친 것은 '남은 집 대출금은 내가 죽으면 끝나겠구나'였다.

시간이 유한한 것은 모든 사람에게 똑같다.
이미 벌어진 일에 옳고 그름은 없다. 받아들이는 수밖에 없다.

센가 씨는 그렇게 자신을 타일렀다. 지금 생각하면 이때도 애써 강인한 아버지이기를 고집했던 것인지도 모른다. 그러나 그 후 2개월 동안 입원해서 치료를 받으며 혼자 커튼을 꼭 닫고 계속 울었다. 치료의 고통과 죽음의 공포가 아니라 가족을 남기고 세상을 떠나는 일, 가족을 지켜주지 못하게 된 자신의 무력함이 원통해서였다. 강인했던 자신이 연약한 존재가 되어가는 것을 아무리 해도 받아들이기 어려웠다고 한다.

앞이 캄캄해진 센가 씨는 나를 찾아와 상담을 받았다. 어느 날, 체력이 떨어져 아들에게 함께 병원에 가달라고 부탁했는데 흔쾌히 같이 와주었다고 한다. 그때까지 완고한 아버지와 아들의 관계로 서로 거리감이 있었기에 아들이 자신의 부탁을 들어주자 매우 기뻤다.

센가 씨는 병원에 가면서 아들이 자연스럽게 자신을 지켜주고 있음을 깨달았다. 내려가는 에스컬레이터에서는 자기 앞에 서고 올라가는 에스컬레이터에서는 자기 뒤에 섰다. 아들이 언제 이렇게 다 컸는지 놀랐다고 한다.

진료 시간에 센가 씨에게 "요즘 어떠세요?"라고 물어보자 이렇게 말했다.

"선생님, 역시 감정 조절이 잘 안 돼요. 여전히 하염없이 눈물이 흘러요. 저는 항상 가족을 지키고 싶었어요. 멋진 아버지가 되고 싶었다고 할까요? 저는 가족에게 영웅이었어요. 영웅이 눈물을 흘리다니 꼴사납네요."

그렇게 말하면서 울먹이는 목소리가 나오자 센가 씨 본인이 가장 당황하는 눈치였다. 아주 잠깐 침묵이 흐른 뒤 옆에 앉아 있던 아들이 이렇게 말하기 시작했다.

"아버지는 예전부터 가족에게 항상 이렇게 말씀하셨어요. 힘든 일이 있으면 도와주겠다고. 만약 괴롭힘을 당하면 상대를 가만두지 않을 거라고 하셨지요. 그렇게 아버지는 줄곧 가족을 지키셨어요. 병에 걸렸다고 해도 아버지가 우리에게 정말 소중한 존재라는 건 변함없어요. 지금도 아버지는 우리 집의 영웅이에요."

아들의 말에 센가 씨는 눈물을 흘렸고 내 마음에도 온기가 퍼졌다. 센가 씨는 계속 강인한 아버지여야 한다고 자신을 압박하던 가치관에서 자유로워진 것이다. 그 후 센가 씨는 강인한 아버지가 되기 위해 이를 악물고 노력하는 (현재를 희생하는) 것이 아니라 순간을 즐기고 지금을 소중히 하며 살아가게 되었다. 어느 날 센가 씨가 이렇게 말했다.

"사실 암에 걸리기 전에는 몰랐던 것을 깨닫기 시작했어요. 암에 걸리기 전에는 어리석은 이야기지만 죽지 않겠다는 마음으로 살았어요. 그런 마음으로 살다 보니 시간이 눈 깜짝할 사이에 흘러가더군요. 출근할 때는 전철에서 헤드폰으로 음악을 들었어요. 하지만 지금은 그 시간이 아까워요. 역으로 가는 길에 나무 사이를 빠져나가는 바람 소리, 등교하는 아이들의 목소리, 번잡한 길에서 나는 소리조차 사랑스럽게 들려요. 계절의 변화에 따라 나무색은 물론, 바람의 색이 달라지는 것도 알게 되었어요. 그리고 계절은 반드시 순환한다는 것도."

센가 씨는 폐암에 걸린 지 5년이 된 지금도 삶을 이어가고 있다. 이전처럼 활기를 되찾은 것은 아니지만, 행복한 나날을 보내고 있다. 다음은 폐암에 걸리고 2년이 되었을 때 센가 씨가 사내 SNS에 올린 글이다.

<아침 허그>

매일 출근할 때 현관에서 아내가 안아준다. 신혼 때도 이러지 않았는데(쑥스럽다).

병에 걸려 안타깝기는 하지만, 안타까운 일만 있는 것은 아니다. 초로의 부부가 하는 허그지만 매력적인 아내가 해주는 것이라 흔쾌히 받는다.

병에 걸리기 전에는 내가 아내와 가족을 지키고 있고, 지켜야 한다고 굳게 믿었다. 그런데 병에 걸리자 아내와 아이들, 친구들과 진정한 의미로 재회할 수 있었다. 이제까지 나는 제멋대로 필터를 낀 채 가족을 바라보았다.

내가 강하면 지켜줄 수 있다. 이 말 자체는 틀리지 않았을지도 모른다. 하지만 실제로는 아내가 나를 지탱해주고 있었다. 모두가 나를 채워주고 있었다.

그런 '나'와도 병 덕분에 재회했다.

언젠가 올 이별의 순간을 두려워하며 살기보다 함께 있을 수 있는 나날을 생각하며 살아가는 편이 즐겁다. 우리 부부는 지금 그런 마음이다.

폐암 선고 후 곧 2년이 되어가는 봄에

-『인생에서 정말 소중한 것: 암 전문 정신과 의사 시미즈 켄과

환자들의 대화』*, 이네다 마유미.

  센가 씨는 투병하면서 강인한 아버지라는 이미지에서
벗어나 있는 그대로의 자신을 긍정하고, 따뜻한 관계성(사
랑)과 일상에 있는 빛(아름다움)으로 내면을 풍요롭게 채우
는 모습을 보여주었다. 이 방향성은 투병 중인 암 환자만
이 아니라 중년의 위기 속에 있는 사람에게도 하나의 힌
트가 될 것이다.

  자신이 앞으로 노쇠해간다고 해도 매일 사랑과 아름다
움을 느낀다면 행복할 수 있기 때문이다. 중년의 위기에
빠져 매일 괴로움과 공허함을 안고 있는 사람은 본인도 그
리 되고 싶을 것이다. 다만 그렇게 하고 싶어도 당장 되는
일은 아니다.

---

* 人生でほんとうに大切なこと: がん専門の精神科医·清水研と患者たちの対話, 국내 미발간.

이제

새로운 인생의

여정을 떠나자

암이라는 병에 걸리면 인생의 목적을 찾기 위한 여정에 내몰린다고 했다. 반면에 중년의 위기는 그것과 달리 모르는 사이에 위기가 살며시 다가온다. 갑자기 혹독한 여행길을 떠나야 하는 것은 아니다.

따라서 지금까지 안주해도 되는 곳이라고 생각했던 자리가 점점 불편해져도 쉽게 새로운 길을 찾아 나설 엄두가 나지 않는다. 지금 있는 자리를 어떻게든 고쳐서 머물기 위해 잘못된 대처를 하는 일도 적지 않다. 즉, 중년의 위기에는 환상을 놓지 못해 문제가 만성화되는 어려움이 있다.

그러나 미리 여행지의 지도를 훑어보듯이 중년의 위기의 구조를 파악한다고 해도 우리의 여정은 시작되지 않는다. 스스로 용기를 내어 한 걸음 내디뎌야 한다.

이 책에서는 모두가 새로운 여정을 나설 수 있도록 중년

의 위기를 이미 경험한 내가 함께 길을 모색해 나가고자
한다.

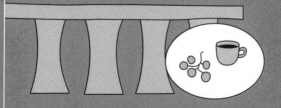

제 **2** 장

마음껏 슬퍼하고
마음껏 우울해하라

- 부정적인 감정에 꺾이지 않는 마음을 만든다

2

중년의 위기에서 벗어나려면 '나는 계속 성장할 수 있다'는 환상에서 벗어나야 한다고 했다. 환상을 떠나보내고 현실을 직시한다면 풍요로운 인생을 얻을 수 있다.

처음에는 무서울지도 모르지만, 인생의 마지막에 죽음이라는 종착점이 있다는 현실을 이번 장에서 말하고자 한다. 죽는다는 것은 너무나 두려운 일이라서 생각하지 않는 편이 낫다고 하는 사람도 있을 것이다. 현대 사회 전체가 죽음에서 시선을 돌리는 경향이 있고, 우리는 모르는 사이에 사회의 분위기에 휩쓸리기 마련이다. 그러나 눈을 돌리는 일을 멈추면 보이는 것이 있을 것이다.

죽음을
생각하지 않도록 하는
현대의 병리

"나 병에 걸려서 죽을지도 모른대. 이야기 좀 들어줄래?"

만약 친구가 이런 상담을 한다면 여러분은 뭐라고 답할 것인가?

"죽다니, 그런 불길한 소리는 하면 안 돼. 약해지지 마. 분명히 괜찮을 거야."

이렇게 대답할지도 모른다.

이래서는 죽음에 대해 제대로 이야기를 나누려고 해도 쉽지 않다. 현대에는 죽음을 생각하지 않으려고 하는 분위기가 조성되어 있는 탓이다. 예를 들자면, 최근에는 100세 시대라는 말을 많이 한다. 그래서 고령자의 입구라고 정의되는 65세도 아직 통과점이며, '긴 노년기를 어떻게 살아야 할까?'라고 생각하는 사람이 많다.

평균 수명이 길어진 것은 매우 좋은 일이지만, 100세 시대라는 말에는 죽음에 대해 생각하는 것을 뒤로 미루려는 의도가 엿보인다. 그리고 우리가 '나는 계속 성장할 수 있다'는 환상에서 벗어나지 못하게 방해한다.

어째서 현대 사회는 죽음을 피하고 숨기려고 할까? 나는 그 이유를 이렇게 본다. 인간은 동물로서 생존 본능이 있으므로 스스로 죽음을 예감하는 것에 강한 공포를 느끼게 되어 있다. 가령 높은 곳에 서거나 어떤 맹수를 만나거나 누가 권총을 들이대면 강한 공포에 사로잡혀서 두근거리거나 떨림이 일어나는 식으로 몸도 마음도 강하게 반응한다.

반면에 사람이 다른 동물과 명백히 다른 점은 미래를 예측할 수 있다는 것이다. 죽음을 두려워하면서도 인생에는 한계가 있어 언젠가 반드시 죽음이 찾아온다는 것을 알고 있다. 이것은 인간이 진화했기 때문에 생긴 갈등이라고도 생각된다. 이런 마음의 갈등을 사람들은 어떻게 받아들여 왔을까?

시대를 거슬러 올라가 중세 시대에는 많은 사람이 죽음의 이미지를 구체적으로 그렸다. 사람들은 종교를 믿었고, 종교 속에 사후 세계가 설명되어 있었기 때문이다. 죽은 후에는 내세가 있다, 착한 행동을 하면 극락에 갈 수 있다, 천국에 갈 수 있다는 식의 세계관을 믿었다.

현대 사회에는 종교를 믿는 사람의 비율이 상대적으로 낮아졌고, 과학을 기초로 매사를 파악하게 되었다. 그러나 과학은 "인간은 죽으면 어떻게 되는가?"라는 물음에 납득할 만한 설명을 내놓지 못하므로 죽음에 수수께끼가 남는다. 그러자 현대인은 어떻게 했을까? 가장 빠르게 할 수 있었던 방식은 설명이 안 되는 죽음에 대해 생각하지 않는 것이었다.

그러나 암처럼 목숨에 관련된 병에 걸리거나 소중한 사람이 죽는 경험을 하면 죽음이라는 문제와 직면할 수밖에 없다. 그러면 생각 자체를 피하는 표면적인 대응에서 다음 단계의 대응으로 나아간다. 죽음이라는 문제와 제대로 맞닥뜨리는 것이다.

나는 암 투병을 했던 사람들의 모습에서 사람은 죽음을 바라보면서도 살 수 있다는 것, 죽음을 바라보는 것이 삶을 빛나게 한다는 것을 배웠다. 어떻게 하면 자신이 계속 성장할 수 있다는 환상에서 멀어져 인생 후반의 죽음

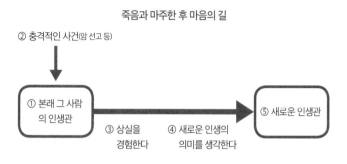

죽음과 마주한 후 마음의 길

② 충격적인 사건(암 선고 등)

① 본래 그 사람의 인생관

③ 상실을 경험한다

④ 새로운 인생의 의미를 생각한다

⑤ 새로운 인생관

외상 후 성장(Posttraumatic Growth: PTG) 모델 Calhoun&Tedeschi 2000

이라는 종착점을 바라보며 풍요로운 인생에 도달할 수 있는지 먼저 투병 중인 암 환자가 거치는 심리적 과정을 살펴보겠다.

　도표1을 보자. 이것은 외상 후 성장 모델이라는 심리학 모델*로 암 선고처럼 충격적인 상실을 경험한 후 마음이 어떤 길을 따라가는지 설명한 것이다. 사람에게는 '① 본

---

* 『Handbook of Posttraumatic Growth』 Lawrence G. Calhoun/Richard G. Tedeschi.

래 그 사람의 인생관'이 있는데, 암 선고처럼 '② 충격적인 사건'이 일어나면 그 인생관이 무너져 내린다.

직후에는 괴로운 생각과 감정에 휩싸여 '③ 상실을 경험하는' 첫 과제에 돌입한다. 괴로운 감정이 서서히 멈추면 '④ 새로운 인생의 의미를 생각하는' 두 번째 과제를 만나고, 그 결과 '⑤ 새로운 인생관'이 만들어진다.

중년의 위기에는 충격적인 사건으로 단숨에 인생관이 무너지는 것이 아니라 서서히 변해간다는 점에서 다르지만, 그 이외의 부분은 공통점이 많으므로 참고할 수 있다. 27세에 진행암에 걸린 어느 환자의 사례를 토대로 ①~⑤의 과정을 설명하겠다.

① 본래 그 사람의 인생관

이제는 100세 시대라는 말도 나오면서 현대인은 장수하는 것을 당연시하고 있다. 큰 병에 걸리는 일이 없으면 앞으로 자신의 인생이 10년, 20년은 당연히 이어진다고 믿는다.

27세의 오카다 다쿠야 씨도 자신의 죽음을 아주 먼 미래의 일로 여겼고, 죽음을 진지하게 생각해본 적이 없었다. 계속 성장하는 것에만 힘을 쏟으며 자신을 억제하는 삶의 방식을 고수했다. 오카다 씨는 금융기관에서 근무했는데, 책임감이 강해서 주어진 역할을 완수하기 위해 온갖 노력을 마다하지 않았다고 한다.

주변에서는 그 능력을 인정했고, 가까운 시일에 해외 근무도 하고 싶어서 개인적인 시간을 외국어 공부에 쓰거나 체력을 기르기 위해 헬스장에 다녔다. 교제 범위도 넓고 친구도 많았지만, 오카다 씨에게 교류의 목적은 편안함이 아니라 성장할 수 있는 자극을 받는 일이었다. 그래서 자신에게 없는 새로운 시점을 제시해주는 친구와의 시간을 중요시했다.

인생 전반에는 누구나 환상을 바탕으로 이런 청사진을 그릴 것이다. 오카다 씨가 본래 가지고 있던 인생관은 '어떤 일이든 노력하면 달성할 수 있다'였다. 5년 뒤, 10년 뒤, 그리고 더 멀리 있는 미래의 꿈을 실현하는 것이 인생의 목적이며, 그것을 위해 다방면으로 노력을 기울였다.

② 충격적인 사건

어느 날 오카다 씨는 갑자기 몸의 이상을 느꼈다. 일시적인 문제라고 생각했지만, 점점 피로감이 심해졌고 체중이 줄었다. 병원에서 진찰을 받고 정밀 검사가 필요하다고 들었을 때는 기분이 조금 안 좋았지만, 분명 대수롭지 않을 거라고 낙관적으로 생각했다.

그러나 검사를 받은 후 담당 의사가 "당신의 병은 경성 위암으로, 완치가 어렵습니다"라고 하자 머릿속이 새하얘졌다. 도무지 현실에서 일어나는 일이라고 믿을 수 없었다. 눈앞에서 의사가 하는 설명이 자기 이야기 같지 않고, 드라마에서 다른 사람의 이야기를 보는 것 같았다.

그 후 집에 어떻게 돌아왔는지 기억이 나지 않았다. 오카다 씨는 집에 돌아온 후에도 멍한 상태로 그날은 거의 잠을 이루지 못했다. 그러나 아침에 조금 잠들고 나서 눈을 떴을 때 '역시 어제 있었던 일은 현실이었어!'라는 실감과 함께 격한 절망감이 한꺼번에 밀려왔다. 인터넷에서 자신의 병명을 검색하자 '5년 생존율 7% 미만'이라는 숫자가 눈에 들어와 깜짝 놀랄 수밖에 없었다.

③ 과제1: 상실을 경험한다

앞으로 수십 년은 살 수 있다고 생각하던 사람이 "당신은 1년 후에 죽을지도 모릅니다"라는 암 선고를 받으면 본래 가지고 있던 인생관이 와르르 무너져 버린다. 그 순간 암묵적으로 당연하다고 생각했던, 자신이 살아간다는 전제 조건이 사라지면 일시적으로 살아가는 의미를 잃게 된다.

그리고 이제껏 그려왔던 인생이 오지 않는다는 것을 깨달았을 때, 상실(잃은 것)을 경험하는 첫 과제에 돌입하게 된다. 나중에 자세히 설명하겠지만, 이때는 분노와 슬픔 등의 부정적인 감정을 억누르지 말고 표현해야 한다. 이런 부정적인 감정에는 마음을 치유하는 힘이 있다.

오카다 씨는 '나는 스물일곱 살이니까 건강하게 생활하는 것이 당연해'라고 믿어왔기에 별로 나쁜 짓도 하지 않은 자신이 위암에 걸렸다는 사실을 납득하지 못했다. '왜 내가 이런 일을 당해야 하는 거야?'라는 생각이 머리에서 떠나지 않았다고 한다.

오카다 씨는 격한 분노를 억누르지 못하고 소리를 치거나 물건을 던지고 부모에게 화풀이를 하기도 했다. 그러나 아무리 몸부림쳐도 변하지 않는 현실이 눈앞을 가로막았기에 분노하기에도 지쳐갔다.

오카다 씨는 분노가 서서히 진정되자 이번에는 슬픔이 차올랐다. 슬픔은 자신에게 소중한 것을 잃었을 때 생기는 감정으로, 마음을 치유하는 작용을 한다. 오카다 씨는 이제까지 그려왔던 희망찬 미래를 단념해야 한다는 생각에 눈물이 멈추지 않았다.

④ 과제2: 새로운 인생의 의미를 생각한다

오카다 씨는 분노와 슬픔이 멈추지 않았지만, '이것은 꿈이 아니다. 이 현실에서는 도망칠 수 없다'라는 것을 깨달았을 때 내면에 새로운 의문이 생겨났다.

'10년 후의 미래가 없다면 무엇을 위해 지금을 살아가야 할까?'

여기부터 두 번째 과제, 병에 걸린 인생에서 의미를 찾아내기 위한 고군분투가 시작되었다. 처음에는 서점에서 다양한 책을 찾아보았다. 그러나 대부분이 인간이 오래 사는 것을 전제로 하고 있어 오히려 우울해졌다고 한다.

그 무렵 오카다 씨는 나에게 상담을 받으러 왔다. 괴로워서 차라리 죽었으면 하다가 담당 의사에게 암 환자의 마음을 돌보는 의사가 있다는 이야기를 듣고, 한번 이야기를 해보고 싶다고 했다. 오카다 씨는 처음에 상담을 반신반의하며 '당신이 내 기분을 알아?'라는 의문의 눈초리로 나를 바라보았다. 그 배경에는 자신보다 오래 살 나를 부러워하는 마음이 있었을지도 모른다. 나는 지금까지 일어난 일의 경위를 대강 묻고 내가 이해한 것을 전달했다.

"오카다 씨는 미래를 위해 지금을 살아오셨군요. 다른 말로 하자면 미래를 위해 지금을 희생해왔다는 거죠. 그래서 지금을 살아가는 방법을 모르는 거고요"

그러자 오카다 씨는 "맞아요. 제가 어떻게 해야 좋을지 함께 생각해주셨으면 해요"라고 말했다. 조금은 나에게 의지하고 싶었는지도 모른다.

오카다 씨가 '지금을 어떻게 살아가야 하는가?'라는 과제를 풀어나가도록 내가 코치 비슷한 역할을 맡게 된 것이다. 오카다 씨가 그 후 어떤 과정을 거쳐 갔는지 궁금하겠지만, 그것은 뒤에서 언급하도록 하겠다.

⑤ 새로운 인생관

새로운 인생의 의미를 생각한 다음에는 어떤 세계가 있을까? 심리학 분야의 외상 후 성장에 관한 연구에서는 이런 상황에 놓인 사람에게 다섯 가지 변화가 일어난다고 밝히고 있다.

① 인생에 대한 감사
② 인간의 강인함 발견
③ 새로운 시점
④ 타자와의 관계 변화
⑤ 정신적인 변화

암 투병 등으로 위기를 겪은 모든 사람들에게 이 다섯 가지 변화가 전부 일어나는 것은 아니지만, 사람마다 생각이 어떻게 변하는지 주의 깊게 살펴보면 다섯 가지 중 몇 가지에 해당하는 부분이 있다. 이 다섯 가지 변화에 대한 구체적인 내용은 이 책에서 설명할 것이다.

지금
살아가는 것에
감사한다

죽음을 의식하는 것은 무서운 일이지만, 달리 생각하면 다섯 가지 변화 중 첫 번째인 '인생에 대해 감사'하는 마음이 솟구친다. 암에 걸리면 '나는 언제까지 살 수 있을까?'라는 불안과 두려움이 생기는데, '사실 오늘 하루를 살아가는 것이 당연하지 않은가?'라는 생각이 든다.

인간은 희소한 것에 가치를 두는 습성이 있다. 귀금속인 금도 주변에서 흔히 볼 수 있다면 아무도 거들떠보지 않을 것이다. 인공 다이아몬드인 지르코니아는 비전문가가 보면 절대 천연 다이아몬드와 구별할 수 없다고 한다. 그러나 지르코니아의 값어치는 천연 다이아몬드의 수십~수백 분의 1에 불과하다.

마찬가지로 시간이 영원하다고 착각하고 있으면 하루를 의미 없이 보내겠지만, 시간이 한정되어 있으면 하루하루가 매우 소중해진다. 그리고 '오늘 하루를 살아갈 수 있다는 것에 감사하자'라고 생각하게 된다.

우리는 특히 젊은 시절에 인생이 한없이 이어질 것처럼 생각하고, 1년 후든 2년 후든 변함없는 삶을 살 것이라고 믿는다. 그러면 마음은 안정될지도 모르지만, 중년의 위기라는 관점에서는 그렇지 않을 가능성, 예를 들어 '내 인생은 1년 후에 끝날지도 모른다'라는 가능성에도 눈을 돌리는 편이 낫다.

만약 오래 살 수 있다고 해도 앞으로 펼쳐질 인생에서는 오늘이 가장 젊은 날이다. 점점 몸이 약해진다는 현실에서 벗어날 수 없다. '인생에 대한 감사'는 자신이 계속 성장할 수 있다는 환상에서 벗어난 뒤 우리 인생관에 자리 잡을 사고방식이다.

한 환자를 예를 들어 소개하겠다. 다마카와 요시오 씨는 70대 남성이다. 다마카와 씨는 히피문화가 번성했던 1970년대에 대학생 시절을 보내면서 밴드 활동을 하거나 여자를 헌팅하는 등 자유로운 삶을 즐겼다고 한다. 매스컴 관련된 일을 하고 계속 독신으로 살다가 50대에 10살 연하의 아내와 결혼했다.

사실 다마카와 씨는 이미 세상을 떠났는데, 그 전에 이런 말을 남겼다.

　"지금은 몸이 생각처럼 움직이지 않아서 원통하지만, 지금까지 건강하게 지낼 수 있도록 튼튼하게 낳아 길러주신 어머니께 감사드립니다. 또 내 마음을 속속들이 알아준 친구들도 정말 고마워요. 모두 저를 격려해주고 있습니다. 앞으로 남은 시간, 친구들과의 관계도 소중히 하고 싶네요. 결혼생활에서도 아내와 먹는 식사 한 끼 한 끼를 소중히 하고 싶습니다. 언제까지 밥을 먹을 수 있을지 모르니 아내와 함께 즐겁고 맛있는 식사를 최대한 많이 하려고 합니다. 먹는 것도 이미 간단한 일은 아니지만, 자그마한 소망이에요. 계속 아내가 가고 싶어 하던 에게해 크루즈 여행도 가고 싶군요. 한 번쯤 아내를 위해 장모님이 계신 나가사키에 가서 인사를 하고 싶기도 해요."

　시간이 얼마 남지 않았다고 생각하면 투병 중에 계속 돌봐준 아내와 함께 식사하는 일이나 평온한 시간을 보내는 일이 앞으로 몇 번이나 있을지 알 수 없으므로 매우 귀중하게 생각될 것이다.

상실을 겪고 그것을 의식하게 되었기에 얼마 남지 않은 시간의 귀중함을 깨닫고, 평범한 일상생활에 무엇과도 바꿀 수 없는 의미가 있음을 느낄 수 있다.

중년의 위기는
서서히 무언가를
잃어가는 상태

어느 날 갑자기 암 선고를 받는 일은 심각한 상실을 경험하는 것이라고 할 수 있다. 암이 이미 진행 중이라면 그때까지 당연하게 해왔던 생활의 많은 부분을 어쩔 수 없이 잃게 된다.

심각한 상실을 경험하는 것은 죽음과 맞닥뜨리는 일 이외에도 여러 가지가 있다. 미의식이 높고 자신의 스타일에 자신감이 있던 여성이 유방암에 걸려 유방을 절제하는 일도 커다란 상실을 경험하는 것이다. 요리사가 설암에 걸려서 미각을 잃게 된다면 그 사람의 정체성이 무너지므로 큰 충격으로 다가온다. 또 암 환자의 가족도 큰 상실을 겪게 된다. 소중한 가족이 세상을 떠난다면 지금까지 지내온 생활이 뒤바뀌는 상황에 처하므로 헤아릴 수 없는 상실감을 맛보게 된다.

살아온 나날들, 건강하게 해왔던 활동, 육체의 일부 등 그 어떤 것도 둘도 없이 소중해서 이런 것을 잃는 상실감의 크기는 상상조차 하기 힘들다.

오카다 씨처럼 20대에 진행암에 걸리기도 하지만, 인생 후반이 되면 다양한 상실을 경험하는 경우가 많아진다. 자신의 몸이 달라지고, 병에 걸리는 일도 늘어날 것이다.

친구가 큰 병에 걸렸다는 소식을 들으면서 '나도 언제 병에 걸릴지 몰라'라는 의식이 생긴다. 자신을 지켜주던 부모가 연로해지고, 부모의 죽음을 경험하는 사람도 늘어난다. 성공만 보고 달리던 사람이 회사에서 실수를 저질러 출셋길이 막힌다면 상실감으로 비슷한 충격을 받는다.

이렇게 확실히 소중한 것을 잃는 경험만이 아니라 많은 사람이 겪는 중년의 위기처럼 오랫동안 서서히 무언가를 잃는 경우도 마찬가지다. 조금씩 천천히 '나는 계속 성

장할 수 있다'라는 인생관이 무너져가므로 비슷한 고통을
느끼게 된다.

앞서 설명했던 중년의 위기에서 답답한 마음이 드는 것
은 나도 모르는 사이에 상실감이 서서히 커지는 일과 관련
이 있다.

강해 보이는 것은
약하다

나는 암 환자와 그 가족, 또 암으로 소중한 사람을 잃은
유족을 전문적으로 진료하고 있다. 일반적인 외래 진료와
는 별개로 '리질리언스(resilience)' 상담이라고 이름 붙여
상실을 경험할 때 도움이 되도록 집중 상담을 하고 있다.
리질리언스라는 것은 본래 물리학 분야의 말로, 용수철이
원래대로 돌아오는 것, 복원력이라는 의미가 있다.

이 말이 심리학에도 사용되어 지금은 일반적인 심리학
용어가 되었다. 심리학에서는 커다란 스트레스를 만났을

때 그것을 탄력 있게 극복하는 힘, 한 번 가라앉아도 다시 돌아오는 마음의 유연성을 의미한다.

예를 들어, 튼튼해 보이는 나무가 있다고 하자. 줄기가 어느 정도 이상으로 두꺼워진 나무는 사람이 힘껏 민다고 해도 흔들리지 않는다. 그러나 매서운 돌풍이 불어오면 겉보기에 튼튼해 보이던 나무도 우두둑 부러지고 만다. 반면에 연약해 보이는 버들가지는 돌풍이 불어오면 심하게 흔들리지만 돌풍이 멈추면 본래대로 돌아온다.

병에 걸리거나 소중한 사람을 잃거나 충격적인 사건을 만나면 사람들은 충격을 받아 쓰러진다. 그러나 시간이 지나면 버드나무처럼 본래의 형태를 되찾는다. 물론 이과정은 만만한 일이 아니고 다양한 갈등이 있지만, 사람마음속에는 이렇게 본래대로 돌아오는 리질리언스라는 힘이 존재한다.

지금까지 몇천 명의 환자를 만나면서 사람마다 작용하는 리질리언스을 목격해왔다. 이렇게 리질리언스에 관한 배움이 깊어지면서 사실 강해 보이는 것은 약하다는 확신이 생겼다.

상실을 경험할 때 중요한 것은 괴로운 마음을 꾹 참는 것이 아니라, 그 마음을 제대로 들여다보고 마음껏 슬퍼하는 일이다. "그런 일이 일어나도 나는 걱정 없어", "나는 아무렇지도 않아"라는 식으로 아무렇지 않은 척을 하고 현실과 마주하기를 거부하는 것은 문제를 뒤로 미룰 뿐이다. 그러면 문제가 만성화되어 괴로운 시간이 길어진다.

소중한 사람을 잃은 유족의 경우도 그렇다. 일부러 스케줄에 파묻혀 일상을 바쁘게 보내면서 슬퍼할 시간을 두지 않으려는 사람이 있는데, 이것은 다시 일어서는 시기를 늦출 뿐이다. 또한 세상을 떠난 사람을 떠오르게 하는 유품을 쉽게 정리하지 못하는 경우도 있다. 결혼식을 올렸던 장소나 세상을 떠난 사람이 일하던 장소처럼 추억이 깃든 곳에 가지 못하는 사람도 적지 않다.

소중한 사람이 세상을 떠나서 이제 만날 수 없다는 사실과 마주하고 싶지 않은 마음이 그렇게 만드는 것이다. 마주하고 싶어도 고통이 너무나 심하기 때문에 실제로 간단하지 않은 경우도 많다. 하지만 현실을 인정하기를 피하면 '상실을 경험한다'는 과제가 진행되기 어려워지는 것도 사실이다.

따라서 이런 유족의 심리를 상담할 때는 마음의 준비가 되면 적극적으로 유품을 정리하게 하거나 고인과 함께한 추억의 장소에 발걸음을 하도록 조언한다. 또한 소중한 사람이 세상을 떠난 날을 다시금 돌이켜보게 하고 고인은 이제 없다는 것을 실감하면서 적극적으로 확실히 슬퍼하게 한다.

소중한 사람이 떠나 슬픔에 잠긴 유족에게는 괴로운 작업이지만, 과거에 이별을 고하고 앞으로 인생을 살아가는 데 꼭 필요한 작업이다. 몸에 상처를 입었을 때와 마찬가지로 마음에 입은 상처 역시 아파도 씻어내야 한다. 씻지 않은 채 그대로 두면 마음의 상처도 곪게 되고, 회복이 늦어진다.

최신 심리학을 바탕으로 한 정신과 진료 현장에서는 "슬플 때는 울음을 참을 필요가 없다. 울 수 있다면 마음을 억누르지 말고 우는 편이 낫다. 그것은 약한 것이 아니라 사실 강한 것이다"라고 조언하고 있다.

그러나 이 심리학 상식은 아직 충분히 알려지지 않은

듯하다. 괴로운 일이 있을 때 마음을 억누르고 기분을 전환하려 술을 마시는 사람도 있는데, 이것은 가장 좋지 않은 스트레스 대처법이다. 여러 가지 위기 상황에서는 분노나 슬픔이라는 부정적인 감정에도 중요한 역할이 있다는 것을 알아두기 바란다.

나는 외래 진료 시간에 무리해서 이야기하게 하지는 않지만, 힘든 마음속 이야기를 충분히 털어놓을 수 있도록 다양하게 배려한다. 슬플 때는 슬픈 기분을 제대로 드러내야 자기 힘으로 다시 일어설 수 있다고 생각하기 때문이다.

슬픔의 폭풍이 진정되면 앞서 이야기한 센가 씨처럼 '벌어진 일은 변하지 않는다'라는 생각이 생겨난다. 포기하는 듯한 뉘앙스지만, 현실을 받아들이려고 마음이 움직이는 것이다. 그렇게 하면 그 현실을 전제로 해서 어떻게 살아가야 하는지 생각하는 과정이 시작된다.

환자가 "어디로 향해야 하는가?"라는 의문이 있어도 대답은 본인의 내면에 있으므로 내가 대신 대답을 해줄 수 없다. 나는 환자에게 "본인의 힘으로 마주할 수 있습니다"

라고 독려해서 스스로 대답을 찾도록 한다.

내 상담의 주인공은 어디까지나 환자 본인이다. 인간에게는 가혹한 일을 겪어도 거기에서 헤어나올 수 있는 힘이 있다고 믿기 때문이다.

어떻게
상실을
경험할 것인가?

심리학 분야에서는 자신에게 소중한 대상을 잃은 것을 '대상상실', 상실을 경험하는 것을 '비애반응'이라고 하며, '상실을 경험할 때 어떻게 해야 할지 모르겠다'는 의문에 답이 준비되어 있다. 다음은 정신과 의사인 시라하세 조이치로가 비애반응이 진행되는 과정을 알기 쉽게 설명한 글이다.

불교에서는 장례식이 끝난 후 7일, 49일, 백일, 일주기, 삼주기 등으로 법요가 이어진다. 이 풍습은 정신분석의 비애반응이라는 사고와 일치한다. 이별과 상실을 받아들이려면 시간과 과정이 필요하다. 이별은 한 번으로 끝낼 수 있는 것이 아니고, 법요마다 고인을 회상하고 고인을 잃었다는 것을 받아들이면서 조금씩 이별을 고하게 되는 것이다.

이 과정에서 다양한 슬픔과 눈물을 흘리는 행위가 나타난다. 망연자실해서 슬퍼하지도 울지도 못하는 시기, 자신을 남기고 떠난 고인을 원망하며 우는 시기, 고인과의 추억에 잠겨 사무치게 우는 시기. 이런 과정을 거쳐 사람은 고인에게 이별을 고하고 인생의 새로운 걸음을 시작한다.

확실히 말하자면 망연자실하는 것도 울부짖는 것도 자신과 타인에게 분노를 돌리는 것도 사람이 슬픔을 확실히 받아들일 때까지의 과정이라고 생각할 수 있다. 이 과정을 진행하는 사람에게는 과정의 의미를 인식하고 함께 있으며 지켜봐주는 타자의 존재가 마음 든든하게 다가올 것이다.

시라하세 선생의 말이 단적으로 나타내듯이 도표1의 '③ 상실을 경험한다'라는 과제에서 '④ 새로운 인생의 의미를 생각한다'라는 과제로 진행하려면 분노와 슬픔의 감정을 꽁꽁 숨기지 말고 마음 가는 대로 화내거나 슬퍼하는 일이 매우 중요하다. 그리고 그 슬픔과 분노에 귀를 기울이며 다가와 주는 사람의 존재가 큰 힘이 된다.

그러나 일반 사회의 상식은 다르다. 큰 충격을 받은 사람에게 침울해하지만 말고 긍정적으로 생각하라고 조언하는 사람이 많다. 주변에서는 "계속 슬픔에 잠겨 있지 마", "슬퍼하는 네 모습은 보고 싶지 않아", "힘을 내보자"라는 식으로 말해주려고 한다. 그러나 이 조언은 심리학적으로 적절하지 않고, 그 사람을 더 괴롭게 할 뿐이다.

---

* 「人はなぜ悲しむのか?」「Cancer Board Square」 2019년 4월호

올바르게
화내는
요령

다양한 상실을 경험할 때 분노나 슬픔이라는 감정에는 소중한 의미가 있는데, 그때 중요한 것은 올바르게 화내고 올바르게 슬퍼하는 일이다. 누구나 분노를 느끼거나 슬픈 생각을 한 적이 있을 것이다. 그러나 많은 사람이 분노나 슬픔이라는 감정의 중요한 역할을 모른다. 어째서 인간은 때로는 분노하고 때로는 슬퍼하는 것일까?

분노라는 감정이 솟는 까닭이 무엇인지 일단 이쪽부터 설명하고자 한다. 심리학에서 분노는 자신의 중요한 영역이 불합리하게 침범당했다고 느꼈을 때 발동하는 감정이라고 한다. 혹은 '이렇게 되기를 바란다. 이래야 한다'라는 기대가 어긋났을 때 생긴다. 분노라는 감정은 잘못을 바로잡기 위한 것으로 적을 내쫓는 힘이 있다.

예를 들어, "나는 아직 20대인데 왜 죽어야 하는 거지?"라며 오카다 씨가 분노하는 것은 '20대는 건강한 것이 당연하다'라며 당연시하던 기대가 어긋났기 때문이다.

이때 끓어오르는 분노를 억눌러서는 안 된다. 신뢰할 수 있는 친구에게 마음을 털어놓는 식으로 사회적으로 받아들여지는 형태에서 비통한 마음을 표출하도록 하자. 분노는 일반적으로 길게 지속되지 않는 감정이므로 그리하면 일시적으로 폭발한다고 해도 며칠 정도 반복되는 사이에 점점 진정되어 서서히 냉정함을 되찾는다. "억울하지만 현실에는 스무 살에 병에 걸리는 사람도 있어"라는 식으로 조금씩 현실과 마주하게 된다.

이때 마음속에서는 그때까지 품어온 '이렇게 되기 바란다'라는 생각이 형태를 바꾼다.

'사실 지금까지 내가 이래야 한다고 그었던 경계선이 조금 틀렸을지도 몰라.'

'스무 살에 병에 걸리는 사람도 있어.'

'현실은 내가 생각한 것보다 훨씬 불합리하고 혹독해.'

이런 식으로 변화가 생길 것이다.

그러면 '병에 걸리고 말았다'라는 상실감에서 이번에는 분노가 슬픔으로 바뀐다(슬픔에 대해서는 뒤에서 자세히 설명하므로 조금 더 분노에 관해 설명하겠다).

실제로 인생에서는 자신이 생각했던 '이렇게 되기를 바란다. 이래야 한다'라는 경계선을 다시 그어야 하는 상황에 직면하는 일도 적지 않다. 반면에 아무리 냉정하게 생각해도 역시 이상하게 느껴지는 상황도 있다. 예를 들어, 현실 사회에는 상사가 무자비하고 지배적인 성격이라서 문제가 발생하는 경우처럼 해결하기 어려운 불합리한 상황이 충분히 있을 수 있다.

이런 사태에 빠진 경우 화를 내면 안 된다며 그저 분노를 억누르면, 마음에 생기가 없어지고 모든 희로애락이라는 감정이 마비된다. 분노하는 마음을 억누르는 일은 자신이 소중히 하는 경계선을 스스로 포기하는 것과 마찬가지이므로, 자기 인생을 살아간다는 감각이 마비되기 때문이다. 화가 치밀어 오르는데 억지로 웃으면서 좋은 사람이려고 노력하는 것은 인생의 즐거움을 잃게 만드는 위험한 행위다.

물론 무턱대고 분노를 표출하면 사회생활을 하는 데 지장이 생기므로 결코 권장하지 않는다. 그러면 어떻게 해야 할까? 격한 분노가 솟을 때는 울다 지쳐 잠들어서도 안 되고, 분노를 폭발시켜서도 안 된다. 자신이 화가 났음을 인정한 뒤 우선 그 자리를 떠나서 분노가 폭발하는 일을 피하도록 한다.

그다음 어째서 자신이 화가 나는지 살펴본다. 가능하다면 신뢰할 수 있는 친구에게 "미안하지만 내 이야기를 좀 들어주겠어?", "이런 이야기가 있는데, 어떻게 생각해?"라고 화가 나는 감정을 숨기지 말고 반응을 들어본다.

여러모로 생각한 다음에도 "역시 상사가 불합리하다"라는 결론에 도달했다면 이번에는 자기답게 행동하려면 어떻게 해야 할지, 어떻게 하는 것이 자신에게 가장 이점이 클지 생각해본다.

상사가 불합리하다는 것을 인정한 뒤 계속 회사에 다니는 이점이 크다고 생각하면, 상사의 지시에는 따르지만 상사의 생각이 이상하다는 생각은 버리지 않는다. 마음까지는 팔아넘기지 않는 것이다. 그러나 자신이 납득할 수 없는 업무를 계속해야 한다면 매일 큰 부담을 짊어지게 되므로 환경을 바꾸는 방법도 생각해야 한다. 최종적으로 회사를 관두는 방법도 경우에 따라 선택할 수 있다.

가장 안 좋은 방법은 아무 생각도 하지 않고 그저 참으면서 감정을 쌓아두는 일이다. 자신의 분노와 마주해서 자신이 무엇 때문에 그렇게 화가 나는지 제대로 확인해야 한다.

자신의 경계선을 재점검하는 것은 처음에 받아들이기 어렵다. 하지만 결과적으로 시점이 넓어지고 마음이 넓어진다. 예를 들어, 일본에서 전철은 당연히 시간에 맞추어서 온다고 모두 생각하므로 타려고 하는 전철이 몇 분만 늦어도 기다리는 사람은 초조해지기 시작한다. 그러나 이탈리아에서 유학했던 친구에 따르면 이탈리아에서는 전철이 약속 시각대로 온다고 생각하지 않아서 몇 분 정도 늦는 수준으로는 아무도 화를 내지 않는다고 한다. 일본인과 이탈리아인은 전철이 도착하는 시각을 봤을 때 '이래야 한다고 주장하는 경계'가 다르기 때문이다.

이 예시가 보여주듯이 좁은 가치관에 머무르지 않고 시야를 넓히는 일은, 다양한 사고방식을 이해하게 해주는 처방전이 된다. 자신이 "이래야 한다"라고 주장하는 근거가

"지금까지 내가 처한 환경에서는 그랬다"라는 것뿐이라면 다른 사람의 입장에서는 이치에 맞지 않는 경우도 많을 것이다. 그것을 깨달았다면 냉정하게 대처해서 수정할 필요가 있다.

올바르게 슬퍼하는 요령

다음으로 슬픔이라는 감정을 살펴보자. 슬픔은 '나는 무언가 소중한 것을 잃었다'라고 깨달았을 때 솟아오르는 감정이다. 슬픔을 정면에서 받아들여 제대로 슬퍼하면 마음의 상처가 쉽게 치유되고 '상실을 경험한다'는 과제가 진행된다. 실제로 소중한 사람을 떠나보낸 유족이 적극적으로 슬퍼하는 것은 치유를 돕는다고 과학적으로 증명되어 있고, 내 경험에서도 이것을 지지할 수 있다.

슬픈 감정이 생겨나면 자연히 눈물이 솟구친다. 그러나

일본에서는 다른 사람 앞에서 눈물을 보이는 것은 꼴사나운 일이라고 생각하는 풍조가 강하므로 눈물을 흘리지 않도록 꾹 참는 사람이 적지 않다. 참는 버릇이 생기면 슬픈 감정이 솟아나기 어려워진다.

특히 남성은 어린 시절부터 "남자는 함부로 우는 거 아니야"라고 들으면서 자라왔기 때문에 여성보다 눈물을 참는 성향이 강하다. 어린 시절 나는 "우는 것은 약한 사람이나 하는 일이다"라고 반복해서 들었고, 눈물을 흘리면 친구들이 울보라고 놀려댔다. 1970년에 영화배우 미후네 도시로가 출연한 광고에 나온 "남자는 조용히 삿포로 맥주"라는 문구 때문에 말이 없는 것이 남자가 보여야 할 자세라는 이미지가 유포되기도 했다.

그러나 슬퍼서 흘리는 눈물에는 마음의 고통을 완화해 주는 효과가 있다. 실제로 울고 난 후에는 편안함을 주는 부교감 신경이 우위가 된다는 과학적 데이터도 존재한다.

세상에는 의식적으로 눈물을 흘리는 방법으로 스트레스를 해소하는 사람들도 있다. 이상한 방법이라고 생각할 수도 있겠지만, 실제로 이치에 맞는 일이다. 슬픈 영화를 보고 눈물을 흘린 뒤에는 상쾌해진다는 사람도 많고, 지독한 실연을 한 사람이 "실컷 울고 났더니 후련해졌다"라고 말하기도 한다. 이렇게 눈물을 흘리는 행위에는 마음의 상처를 치유하는 작용이 있다.

게다가 눈물을 흘릴 때는 혼자 울기보다 누군가의 앞에서 우는 편이 마음의 상처를 치유하는 효과가 크다. 마음의 상처는 누군가가 받아줄 때 가장 잘 아물기 때문이다.

국립 정신·신경의료 연구센터의 호리코시 마사루 선생은 "이 세상에 천국이 있다고 한다면 안심하고 눈물을 보일 수 있는 장소다"라고 말했다. 사실 나는 예전에 울음의 소중함을 모르고 눈물 흘리는 것을 긍정적으로 받아들이지 않았기 때문에 환자가 내 눈앞에서 울기 시작하면 당황스러웠다. 그러나 울음의 소중함을 안 지금은 눈물을 흘리는 모습을 보면 '저 사람이 울어서 다행이다'라고 생각하게 되었다.

중년의 위기에
상실을 경험하는
요령

'나는 건강에 자신이 있어서 암은 물론 어떤 병에도 걸릴 것 같지 않으니 상실감은 생기지 않을 것이다.'

여기까지 읽고 이런 생각을 하는 사람도 적지 않을 것이다. 암 환자나 유족의 경우 매우 알기 쉬운 형태로 자신이 소중한 것을 잃었음을 깨닫는다. 반면에 중년의 위기를 맞은 경우 자신감이나 낙관적인 전망을 서서히 잃어 가는데, 잃은 것 자체를 깨닫지 못한다. 그리고 그 결과 무의식 중에 막연한 불안과 허무함을 떠안는다.

즉, 모든 사람이 상실과 무관하지 않다. 암 환자는 자신이 무엇을 잃었는지 쉽게 알 수 있지만, 중년의 위기에 놓인 사람은 그렇지 않다. 그 정도 차이밖에 없다고 할 수도 있지만, 큰 차이일지도 모른다. 따라서 중년의 위기가 왔을 때는 의식적으로 상실을 경험하는 것이 리질리언스를 길러서 꺾이지 않는 마음을 만드는 열쇠가 된다.

그 요령에는 몇 가지가 있는데, 중년의 위기를 가져오는 환상에서 빨리 벗어나는 방향으로 의식을 돌리는 것이 도움이 된다. 이것은 자신의 노화나 죽음을 직시하는 일이기도 하다. 얼핏 괴로운 일처럼 들릴 수도 있으나 이런 현실을 직시하면 오늘 하루를 보는 관점이 바뀌어 지금 살아가는 이 순간이 조금 빛나 보일지도 모른다.

인생 100세 시대. 항상 건강하게 살 수 있다는 낙관적인 이미지를 유포하는 이 말은 달콤하게 들린다. 그러나 그렇게만 믿고 있으면 현실과의 차이에 괴로울 수도 있다. 2016년 데이터에서 일본인이 일반적인 일상생활을 보낼 수 있는 시기를 나타내는 건강 수명의 평균치는 남성이 약 72세, 여성이 약 75세였다.* 현실적으로는 노화나 병을 실감하는 시기가 더 빠르게 올 가능성이 큰 것이다.

나는 앞으로 20년이 지나면 72세를 맞이하게 된다. 20년이 어느 정도의 길이일지 궁금해서 20년 전의 일을 생각해봤더니 상당히 과거의 일처럼 느껴졌지만, 문득 최근이

---

* 2018년 기준 한국의 건강 수명은 남성 68.3세, 여성 72.4세다. - 옮긴이

었던 것 같은 느낌도 들었다. 그러나 해마다 시간이 빨리 가는 것처럼 느껴지므로 건강 수명까지 가는 시간은 의외로 빠를 것 같다.

죽음이라는
이미지를
소중히 한다

나는 미래와 과거, 두 가지 죽음에 관련된 이미지를 의식하려고 한다. 미래의 죽음에 관한 이미지는 임종 전에 침대에서 꼼짝없이 천장을 바라보고 있는 날들로, 언제일지는 모르지만 그날이 반드시 올 것이라고 생각하고 있다.

그래서 일부러 그때가 1년 후라고 가정해본다. 1년 후에 침대에 있는 내가 현재의 나를 돌이켜본다면 몸이 자유롭고 뭐든지 할 수 있는 것을 매우 부럽게 생각할 것이다. 그러면 지루하다고 생각했던 오늘 하루가 다르게 보인다. 공원의 나뭇잎 사이로 비치는 햇빛을 받으며 산책하는 시간도, 친구와 이야기를 나누는 시간도, 편안하게 욕조에 몸을 담그는 시간도 매우 사랑스럽게 느껴진다.

내 안에 있는 과거의 죽음에 관련된 이미지도 소중히 한다. 나는 학생 시절 자동차를 무모하게 운전해서 까딱하면 죽을 뻔했던 적이 있다. 생각만 해도 소름이 끼치는 기억이다. 하지만 그때의 일이 머릿속에 떠올랐을 때 잠시 그 기억을 들여다보며 내가 그곳에서 죽었을지도 모른다고 생각해보았다.

그러자 얼어붙은 기억이 떠나간 뒤 지금 살아있는 것, 시간이 주어졌다는 것을 절실히 느껴 마음이 따뜻한 느낌에 휩싸였다. 여러분도 '만약 그때 이랬다면 생명에 관계가 있었을지도 몰라'라는 경험이 있다면 그 기억을 소중히 하자. 처음에는 괴로울지도 모르지만 나처럼 곱씹어보는 것도 하나의 방법이다.

미래와 과거의 죽음과 관련된 이미지를 소중히 하면 인생에는 끝이 있고, 죽음이 갑자기 찾아올지도 모른다는 것을 의식하게 된다. 이것은 '나는 항상 건강하게 계속 노력할 수 있다'라는 환상을 깨뜨리는 방향으로 작용해준다.

죽음과
마주하는
방법

지금까지 죽음에 대해 생각하는 일을 피했던 사람은 자신의 죽음을 직시하는 일이 무서울 수도 있다. 그러나 죽음에 대해 생각하지 않도록 하는 방법은 죽음의 공포에 대응하는 제1단계다. 표면적인 응급처치 같은 방법이므로 죽음이라는 문제에 직면하지 않았을 때만 효과적이고, 큰 병에 걸렸을 때처럼 죽음을 빈번하게 생각해야 할 상황이 되면 별 도움이 되지 않는다.

암처럼 목숨과 직결되는 병에 걸리거나 소중한 사람이 세상을 떠나는 경험을 하면 죽음이라는 문제를 직면하므로 죽음을 생각하지 않는다는 표면적인 대응에서 다음 단계 대응으로 나아가게 된다. 그렇게 죽음이라는 문제와 제대로 맞닥뜨려서 생각하게 된다.

나이를 먹으면 먹을수록 죽음에 대해 생각할 기회가 점점 늘어나므로 언제까지나 피하기만 할 수는 없다. 그리고

도표2 사람이 죽는 것을 두려워하는 까닭은?

1. 죽음에 이르는 과정에 대한 공포
   - 마지막에는 어떤 식으로 고통스러울까?
   - 암에 걸리면 얼마나 고통스러울까?

2. 자신이 없어지면서 생기는 현실적인 문제
   - 아직 아이가 어려서 아이의 미래가 걱정
   - 연로한 부모의 슬픔, 부모는 누가 보살필까?
   - 아직 완성하지 못한 지금 하고 있는 필생의 사업

3. 자신이 소멸한다는 공포
   - 사후세계는?
   - 내가 소멸한다는 것은 어떤 것일까?

정면에서 죽음에 대해 제대로 생각하게 되면 몹시 싫고 두렵기만 했던 이미지가 바뀌어간다. 나는 많은 환자에게서 죽음과 마주하는 일이 어떻게 살아갈지를 생각하는 일이라는 것을 배웠다.

그러면 죽음과 마주할 때 무엇을 생각할 필요가 있을까? 이것에 대해서는 과거 심리학 분야의 연구에서 어느 정도 밝혀져 있어, 나는 죽음에 관계된 문제를 세 가지로 분류하면 정리하기 쉽다고 생각한다(도표2).

이 세 가지 문제에는 각각의 대처법이 있다. 막연하게 생각하면 정체를 알 수 없는 불안과 공포를 느끼지만 죽음과 관련된 문제를 제대로 생각하다 보면 점차 공포의 형태가 바뀌어가고 다양하게 대비할 수 있음을 알게 된다. 이 세 가지 문제에 대한 대책은 지금 시작해도 빠른 것이 아니다.

죽음에 이르기까지
느끼는 고통에 대한
대책

첫 번째, 죽음에 이르는 과정에 대한 공포는 육체적 고통을 걱정하는 것이다.

'암이 진행되면 고통스럽다고 하던데 죽을 때까지 어떤 고통이 기다리고 있을까?'

중병에 걸리면 이런 걱정으로 죽음 자체보다도 죽을 때까지 느낄 고통을 염려하는 사람이 많다. 예전에는 암에 걸리면 장렬한 투병생활이 기다리고 있다는 이미지를 강조하는 보도, 소설, 영화 등의 작품이 많았기에 일반 사람이 걱정하는 것도 무리는 아니었다. 그러나 최근에는 상황이 꽤 바뀌었다는 인상을 받는다.

나는 매일 병동을 회진하는데, 환자와 가족들이 평화롭게 담소를 나누는 모습이 이곳저곳에서 눈에 띈다. 간호사나 의사들도 미소를 띠고 있어서 사람들의 상상처럼 숨막히는 분위기는 아니다. 물론 그 속에는 다양한 고통을 안고 정신적으로 불안정한 사람도 있겠지만, 의료 현장을 보고 있으면 장렬한 투병생활이라는 인상과 상당히 다르다고 실감하게 된다.

그러면 죽음에 이를 때까지 느끼는 고통은 실제로 어떨까? 일본 국립 암연구센터*가 일반 사람을 대상으로 작성한 암 정보 서비스에는 암의 요양과 완화 케어에 관한 항목이 있는데, 암에 동반되는 통증은 진통제를 적절히 사용하면 대부분 진정된다는 내용, 현재는 고통을 완화시키

---

* 한국에서는 국가암정보센터에서 정보를 찾을 수 있다. - 옮긴이

는 기술(완화 의료)이 발전되어 다양한 지원을 받을 수 있다는 내용이 구체적으로 쓰여 있다.

그리고 최근에는 암 이외의 질환에도 몸의 고통을 덜어주는 완화 치료를 받을 수 있다. 재택 의료도 눈에 띄게 발전해서 병에 걸려도 집에서 요양생활을 할 수 있도록 의료나 간호 체제가 잡히고 있다.

아무 지식이 없으면 머릿속으로 얼마든지 비관적인 상상을 할 수 있으므로 걱정이 커지지만, 실제로 어떻게 고통을 줄일 수 있는지 올바른 지식을 얻는다면 훨씬 안심할 수 있다.

뒤로 미루었던
인생의 과제를
해결한다

두 번째, 자신이 없어지면서 생기는 현실적인 문제는 다양한 사회적 문제와 관련된 것이다.

"내가 죽으면 우리 가족이 경제적으로 힘들지 않을까?"

"하던 일을 완수하지 못하고 죽을 때가 오면 어떻게 해야 할까?"

최근 일본에서는 '종활'*이라는 말이 성행하고 있다. 사람들은 엔딩노트를 작성하고 죽기 전에 정리해야 하는 일을 처리하고 있다.

종활은 60세를 넘은 사람들이 많이 하지만, 중년기를 넘으면 대강이라도 엔딩노트를 작성해보자. 엔딩노트를 쓰면 과거를 돌이켜보고, 지금을 발견하며, 미래를 생각할 수 있다. 그러면 자신이 어떤 모습으로 있고 싶은지 확인하게 된다.

이런 문제에 열중하다 보면 자신이 뒤로 미루었던 과제를 해결할 수 있다. 가령 과거에 사이가 틀어져 연락을 끊었던 가족이나 친구와 화해를 하는 등 오랫동안 마음에 박혀 있던 가시를 마침내 빼내는 사람도 있다.

---

* 終活, 일본어로 슈카쓰. 죽음을 제대로 준비하기 위해 하는 활동이라는 뜻. - 옮긴이

영혼의 죽음을
자신의 세계관에
들인다

세 번째, 자신이 소멸한다는 공포는 영혼의 죽음이라고도 한다. 죽으면 어떻게 되는가? 과학이나 정신의학으로는 이 부분을 설명할 수 없으므로 나는 솔직히 답을 알지 못한다. 여러 사람에게 죽음에 대한 생각을 들어보면 영혼은 불멸이고 다른 세계가 있다고 생각하는 사람, 다시 한 번 현세에 태어난다고 생각하는 사람, 죽으면 자신이 소멸한다고 생각하는 사람 등 다양하다. 각자 사후세계를 어떻게 파악하느냐에 따라 현세를 살아가는 자세가 달라질 것이다.

죽으면 나라는 존재는 소멸하는 것일까? 소멸한다면 감각도 없겠지만, 그것은 어떤 느낌일까? 이미 죽은 사람에게 이야기를 들을 수도 없고, 막상 그렇게 된다면 무서울 것 같다.

정신과 의사 어빈 얄롬은 "죽은 후의 자신을 걱정한다

면 어째서 태어나기 전의 자신은 걱정하지 않는가?"라는 말을 했다. 분명 태어나기 전에 느꼈던 고통을 지금은 의식하지 않으므로 죽은 후의 일도 걱정할 필요가 없는지도 모른다.

죽으면 자신의 존재가 없어진다고 생각하는 사람도 있지만, 막연하게나마 사후세계가 존재한다고 믿는 사람도 있다. 또한 사후세계가 존재하지 않는다 해도 자신의 마음이 소중한 사람의 마음속에 깃들어 있기에 자신이라는 존재는 형태를 바꾸어 계속 살아간다고 말하는 사람도 있다. 그러면 나 자신이 소멸한다는 공포가 조금 누그러진다고 한다.

65세에 대장암에 걸린 어느 환자는 병이 진행되어 마침내 죽음이 임박했을 때 태어난 고향의 경치가 몹시 그립다고 이야기했다. 자신을 항상 귀여워해서 근처 슈퍼에서 과자를 많이 사다준 할아버지, 할머니. 아이가 없어서 자신을 아들처럼 귀여워하며 항상 드라이브를 시켜준 친척 아저씨. 한여름 파밭의 강렬한 향기를 맡으며 어머니와 아버지의 손을 잡고 갔던 목욕탕. 어린 시절 친구와 함께 바닷

가에서 불꽃놀이를 봤던 두근거리는 기억. 친척들이 모여서 떠들썩한 분위기가 좋았던 설날.

따듯했던 추억들은 몇 번이나 돌이켜봐도 마음을 채워준다고 했다. 많은 사람들에게 사랑을 받았고, 그런 사람들이 있어서 자신의 인생이 풍요로웠기에 가슴 속에 감사하는 마음이 가득하다고 했다. 그리고 이렇게 말했다.

"저는 여러 인생 속의 등장인물이었어요. 작은 역할이었을지도 모르고, 때로는 중요한 역할이었을지도 몰라요. 사람이니까 다른 사람에게 상처 준 적도 있었겠죠. 그런 상황에서 나도 여러 사람의 마음속에 살아 있고, 나를 기억해주는 사람이 또 누군가의 마음속에 살아 있어요. 소중한 사람들의 생각을 내가 받아서 다음 사람에게 건네고 있는 거예요. 그렇게 생각하면 생명을 잇는 역할을 제대로 해낸 기분이 들어요."

환상에서
벗어나는
방법

지금까지 '나는 계속 성장할 수 있다'라는 환상에서 벗어 나는 요령을 이야기했는데, 내가 실제로 겪었던 일을 이야 기해보겠다.

나는 2003년 봄, 31세 때 국립 암센터(현 국립연구개발법인 국립 암연구센터)에서 근무를 시작했고 이후 암 투병 환자나 그 가족을 상담하고 있다.

이 무렵 나는 '사람은 계속 성장할 수 있다'라는 환상을 품고 있었다. 죽음을 진지하게 생각해본 적도 없었으므로 "선생님, 이제 제게 남은 시간이 별로 없어요. 도대체 어떻 게 해야 할까요?"라고 환자가 질문하면 말문이 막혀 난감 했다. 이 환자의 고민은 내가 전혀 체험한 적도 없고, 상상 한 적도 없는 세계의 이야기였기에 뭐라고 답해야 할지 전 혀 알 수 없었다.

그리고 얼마 후 '젊은 내가 무슨 도움이 되겠어? 도움이

될 리가 없지'라고 생각하게 되었다. 일하기 시작했을 때
는 마음을 보살피는 전문가로 기대를 받으면서도, 아무것
도 할 수 없는 자신에게 큰 무력감을 느꼈다.

그것 말고도 내가 고통스러웠던 이유가 또 있었다. 나와
관련된 사람들이 잇달아 세상을 떠났는데, 그중에는 나와
같은 세대, 나보다 더 젊은 사람도 있었다. 특히 세대가 같
은 환자를 만나 그 사람의 인생을 접하면 상대의 마음과
내 마음이 공명해서 심경이 생생하게 전달되었다.

내 일의 특성상 그런 일이 빈번하게 일어났기에 점점 지
쳐갔다. 그리고 그때까지는 죽음을 생각한 적도 없었던
나에게 서서히 오기는 하겠지만 죽음이 멀지 않았다는
느낌이 들었다. 그것은 '사람은 계속 성장할 수 있다'고 늘
품어왔던 내 미래의 전망과 어긋나기 시작했고, 점점 내
머릿속에서 환상이 무너져갔다.

지금은 건강하지만 상황은 언젠가 급변할 것이다. 적어
도 지금 주어진 건강이 영원히 지속되지 않는다고 생각하
니 '내일도 모레도 1년 후도 인생은 당연히 이어진다'라는
믿음이 깨져갔다.

그러나 동시에 오늘 하루를 보낼 수 있음에 감사하는 마음이 생겼다. 일이 끝난 후 직장 동료와 술 한잔 하러 가서 진지한 얼굴로 "머지않아 이 맛있는 맥주의 목 넘김을 즐기지 못하는 날이 오겠지. 그렇게 생각하면 정말 오늘에 감사하게 돼"라고 말했더니 "시미즈, 무슨 일 있어?"라고 의아한 반응이 돌아오기도 했다.

이 무렵 내 속에는 비로소 사생관이라는 것이 자라났다. 사생관이란 사람이 죽음과 삶에 보이는 사고방식을 가리키며, 자신의 죽음을 응시한 뒤에 살아가는 일을 생각하면서 점점 형태를 갖춘다. 국립 암센터에서 일을 시작하기 전까지는 죽음을 생각하지 않았으므로 나에게 사생관이 없었지만, 내가 만난 환자의 죽음과 마주하는 동안 어쩔 수 없이 죽음을 응시할 수밖에 없었다.

예전에 나는 죽으면 모든 것이 끝이라고 생각했다. 매일이 즐거우면 여한이 없을지도 모르겠지만, 27세에 암에 걸린 오카다 씨처럼 미래를 위해 현재를 희생하며 살아왔던 나는 만약 그대로 죽으면 좋은 기억 하나 없이 끝날 것 같았다. 그래서 '모든 것이 끝나는 죽음이 찾아올 때까지 어

떻게 생각해야 인생의 의미를 찾을 수 있을까?'라는 고민
이 생겼다.

사생관을
자신의 인생에
들인다

그 무렵 텔레비전 프로그램을 보고 있다가 '인생은 한 번
뿐인 여행이다'라는 문구가 뭉클하고 내 속에 들어왔다.
별것 아닌 말 같지만, 골똘히 생각하던 나는 눈이 트이는
느낌이었다. 그때 퍼뜩 이런 생각이 났다.

'역시 한 번뿐인 여행이구나. 이 세상에 태어나 한 번뿐
인 여행을 할 기회가 주어졌으니 여러 사람과 만나 다양
한 체험을 하고 풍요로운 여행을 해야겠어.'

또 인생을 종착점이 있는 여행이라고 생각한다면 죽음
은 두려운 대상이 아니라 종착점에 지나지 않는다. 그리
고 '어차피 끝이 오고, 여행이라고 생각한다면 너무 고민

하지 말고 실컷 누리면 좋지 않을까?'라고 태도가 바뀌는 느낌도 생겼다. 당시 죽음을 응시하면서 빠진 절망과 공포에서 빠져나와 인생을 비로소 긍정적으로 파악할 수 있던 순간이었다.

사생관을 갖는 것은 자신의 인생관에 죽음을 제대로 들이는 일이다. 이것은 '나는 계속 성장할 수 있다'라는 환상에서 벗어나 현실을 직시한 다음 인생의 후반을 풍요롭게 살아가는 데 필요하다.

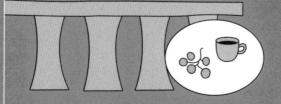

다른 사람의 기대에
부응하지 않는 삶

- 내가 원하는 나로 살아간다

3

사회적으로

성공해도

행복해지지 않는다

제3장에서는 '사회에 적응해서 성공하면 행복해진다'라는 노력의 방향성에 관한 환상을 이야기하고자 한다.

중년의 위기가 오면 우리는 어린 시절부터 지금까지 주변에서 옳다고 배운 것이 반드시 그렇지 않음을 인정해야 한다. 철이 들기 전 우리는 감정 그대로 행동해도 용서를 받았다. 그러나 부모에게 꾸중을 듣기 시작하고, 학교에서 교육을 받고, 사회인이 되자 사회에서 하는 요구에 따라

'이래야 한다'는 사고방식이 점점 형성된다. 그때 있는 그대로 '이렇게 하고 싶다'는 마음과 '이래야 한다'는 마음이 너무 동떨어져 있으면 고민이 깊어진다.

그래도 젊은 시절에는 힘들어도 노력하면 나중에 좋은 일이 있을 것이라고 믿는다. 그러나 중년의 위기에 접어들어 '그런 좋은 일이 꼭 일어나는 것은 아니다'라는 것을 깨달으면 '이래야 한다'라는 삶의 방식을 지속하기가 괴로워진다.

훌륭한 외과의사가 된다는 환상

얼마 전 외과의사 이시하라(48세) 씨가 나에게 진료를 받으러 왔다. 처음 만났을 때 "저는 정신과에 올 필요가 없다고 생각하지만, 믿고 있는 주치의 선생님이 권하셔서 본의 아니게 왔어요"라고 말했는데, 약해진 자신을 인정하기 싫어 허세를 부린다는 인상을 받았다.

"권유를 받아서 반쯤 억지로 오셨군요"라고 말하고 현재 이시하라 씨가 놓인 사정을 물어보았다. 그는 서서히 자신의 심정을 털어놓았다. 암 치료의 후유증으로 손에 마비가 남아 외과의사 일을 하기 어렵다고 괴로워했다.

그리고 외과의사가 아닌 자신은 텅 빈 껍데기 같은 존재라서 아무 가치도 없다고 말했다. 물론 자랑스럽게 여겼던 외과의사 일에 지장이 생기는 상황이 얼마나 괴로울지 상상은 갔지만, "외과의사가 아니면 나는 텅 빈 껍데기 같은 존재"라는 이시하라 씨의 말이 마음에 걸렸다.

병에 걸리기 전까지 어떤 식으로 업무에 몰두해왔는지 물었다. 그는 동료에게 지지 않도록 남보다 배나 노력해왔다고 했다. 졸업 후 20년이 넘어 중견에서 베테랑의 경지에 들어왔어도 하루 대부분의 시간을 병원에서 지냈다고 한다.

모든 환자에게 최선의 의료를 제공하는 것이 자신의 과제였다는 이시하라 씨는 부하 직원이 손을 놓고 있는 것처럼 보이면 심하게 질책해서 직장에서는 엄격한 상사로 유명했다.

다음으로 이런 질문을 했다.

"어째서 의사가 되었습니까?"

"그것밖에 선택지가 없었습니다."

"그것밖에 선택지가 없었다?"

나는 무심코 되물었다.

"제가 정말로 의사가 되고 싶었던 것인지 모르겠어요. 아직까지 의사에 맞는 사람인지도 모르겠네요."

"그러면 의사가 될 수밖에 없었던 사정을 알려주시겠어요?"

이렇게 묻자 이시하라 씨는 자신이 자란 환경을 이야기해주었다.

이시하라 씨의 어머니 집안에는 의사가 많았고, 어머니는 훌륭한 외과의사였던 조부를 존경했다고 한다. 외동으로 자라 철이 들기 전부터 어머니에게 "네가 훌륭한 외과의사가 되었으면 좋겠다"라는 압박을 알게 모르게 받았다. 이시하라 씨가 의대에 합격했을 때 칭찬하는 데 인색했던 어머니가 "정말 잘했다"라며 이시하라 씨의 노력을 진심으로 인정해주었다.

당당하게 대학을 졸업하고 외과의사로서 커리어를 시작했을 때는 기쁜 마음도 있었지만, 여기서부터가 새로운 시작이며 조부처럼 일류 의사가 되어야 한다는 압박을 강하게 느꼈다.

여기까지 듣자 "외과의사가 아니면 나는 텅 빈 껍데기 같은 존재"라고 말했던 그 속사정을 이해할 수 있었다. 나는 "이시하라 씨는 훌륭한 외과의사가 되지 않으면 어머니에게 사랑받지 못했군요. 그래서 줄곧 노력해오셨고요"라고 전했다.

그러자 꿋꿋이 행동했던 이시하라 씨가 처음으로 마음이 풀어졌는지 눈물을 흘렸다. 이시하라 씨가 마음을 진정하고 얼굴을 들었을 때 나는 한마디 더 하고 싶었다.

"하지만 우수한 외과의사가 아니라면 정말로 이사하라 씨에게 가치가 없는 것일까요?"

나의 말에 이시하라 씨는 "그러면 어떻게 될까요"라고 답했다.

그때부터 다시금 이시하라 씨의 인생을 천천히 돌이켜

봤다. 좋아하지 않았던 공부를 열심히 했던 일, 의사가 된 다음 많은 환자를 위해 노력해온 일.

암에 걸리기 전 이시하라 씨는 환자에게 감사의 말을 들어도 "당연히 할 일을 했을 뿐입니다"라는 식으로 반응했지만, 지금은 '아, 그 환자는 정말 마음이 불안했구나'라며 자신이 진료하는 환자의 마음을 상상하게 되었다. 그리고 '내가 노력해서 그 환자가 용기를 얻었는지도 몰라'라고 돌이켜보게 되었다.

다섯 번의 상담을 끝냈을 무렵에는 '이런 나는 형편없다'라는 내면의 소리는 멈추지 않았지만 서서히 현재의 자신을 받아들이게 되었고, 어린 시절부터 어머니의 기대에 부응하려고 노력해온 자신을 불쌍히 여기는 마음이 솟구쳤다고 한다.

마지막 면담에서 이시하라 씨는 이렇게 이야기했다.

"지금까지 최고의 의료를 제공하려고 했지만 그것은 훌륭한 외과의사인 나를 확인하고 싶었을 뿐이에요. 사실은 모두 저를 중심으로 생각한 것이죠. 부하 직원에게 엄격하게 대했던 것도 제가 억지로 참아왔기 때문에 젊은 의사가 느긋하게 일하는 모습이 부러워서 참을 수가 없었던 겁니다. 앞으로 외과의사를 지속할 수 있을지는 모르겠지만, 어떤 형태로든 의료를 지속할 수는 있겠지요. 그리고 앞으로는 나를 위해서가 아니라 진정한 의미로 곤란을 겪는 사람들을 도와주고 싶어요."

지금까지 이시하라 씨를 옭아맨 또 하나의 자신은 그때까지 이시하라 씨의 인생에 전혀 도움이 되지 않았던 것은 아니며, 이시하라 씨가 어머니에게 인정받기 위해서 필요했던 것이다. 또 하나의 자신은 이시하라 씨에게 눈물겨운 노력을 시켰고, 그 결과 외과의사로서 많은 환자를 돕게 했다. 그러나 이시하라 씨의 마음은 늘 답답하고 괴로워서 비명을 지르고 있었다.

그러다가 암에 걸려 막다른 골목에 다다른 이시하라 씨는 일시적으로 절망하게 된 것이다. 그러나 그 역경은 지금까지 살아온 방식을 재점검하게 해주었고, 또 하나의 자신과 결별해 있는 그대로의 자신을 인정하고 살아가게 하는 계기가 되었다.

내가 원하는 나와
남이 원하는 나,
want와 must

이시하라 씨의 내면에는 계속 "훌륭한 외과의사가 되기 위해 노력해야 한다"라고 재촉하는 또 하나의 자신이 있었다. 사람은 대부분 의식하지 않지만, 각자의 내면에 'want'와 'must', 두 개의 상반된 내가 존재한다. 이렇게 말하면 '아니, 나는 나 한 사람밖에 없어. 또 하나의 나는 존재하지 않아'라고 반론하려는 사람도 적지 않다. 그러나 분명 want의 자신과 must의 자신이 존재한다.

　want라는 단어에는 원한다는 의미가 있다. 게다가 want to (동사)라고 하면 '(동사) 하고 싶다'는 의미의 말이 된다. 즉, want의 자신은 '~하고 싶다, ~가 되고 싶다, ~로 있고 싶다'는 자기 자신의 강한 의지나 소망을 드러내는 자신이다.

　반면에 must라는 단어에는 '~해야 한다'는 의미가 있다. 이 경우 '~해야 한다'는 마음은 자발적인 것이 아니라 다른 누군가의 시선이나 사회적 규범을 의식해서 생겨난다. 즉, must의 자신이라는 것은 다른 사람의 시선이나 기분을 의식해서 want의 자신을 규제하거나 행동을 제어하는 자신이다.

정리하자면 '내가 원하는 나(want)'의 삶의 방식은 자신을 기준으로 하는 삶의 방식을 말하고, '남이 원하는 나(must)'의 삶의 방식은 다른 사람들의 시선과 사회적 규범을 기준으로 하는 삶의 방식이라고 할 수 있다. 이해가 되는가?

사람은 누구나 아주 새로운 상태에서 이 세상에 태어나 서서히 여러 가지 감정을 길러간다. 철이 들기 전에는 아직 '슬프다', '의지하고 싶다'는 기분으로 어머니에게 응석을 부리고, 자신이 이렇게 하고 싶다는 '내가 원하는 나'의 모습에 따라 동기를 부여받는다.

그러나 부모에게 꾸중을 듣거나 사회생활을 하기 위해 다른 사람과의 관계가 늘어나면서 "약한 소리를 해서는 안 된다", "좀 더 노력해야 한다", "훌륭한 사람이 되어야 한다"라는 또 하나의 자신, 즉 '남이 원하는 나'에 따라 동기를 부여받는 자신이 형성된다.

업무에서 뛰어난 성과를 내거나 출세를 하거나 회사에 전력을 다하면 행복해진다는 것도 '남이 원하는 나'의 생각인 것이다. 너무나 당연하게 받아들여지기 때문에 우리는 아무 의문 없이 이런 것들을 믿고 있다. 하지만 본래 거기에는 아무런 인과관계가 없다. 개중에는 부모, 가족, 친구에게 인정받아야 한다는 믿음에 사로잡혀 고통받는 사람도 있다.

'남이 원하는 나'도 '내가 원하는 나'도 물론 전부 자기 자신이다. 그 자세는 사람에 따라 제각각이라서 '내가 원하는 나'에 동기를 부여받아 느긋하게 살아가는 사람도 있다. 그러나 '내가 원하는 나'와 '남이 원하는 나'가 자신의 내면에서 다툼을 벌이다가 '남이 원하는 나'가 '내가 원하는 나'를 지배하게 된다면 이시하라 씨처럼 삶이 괴로워진다.

문제의 90%는
부모와의 관계

우리 사회에는 아직도 사회적인 직함이 중요시되는 풍조가 강하다. 극단적인 예를 들자면, "좋은 회사에 근무하면 동창회에 당당하게 갈 수 있지만, 그렇지 않으면 망설이게 된다"라는 이야기를 심심치 않게 듣는다.

이렇게 생각하는 사람은 아마 젊을 때부터 무의식중에 "대기업에 들어가야 해. 그러지 못하면 남들 보기에 부끄러우니까"라는 '남이 원하는 나'의 목소리를 믿고 살아온 것이 아닐까 싶다. 그리고 나는 다양한 사람들과 면담을 거듭하면서 이런 유형의 사람들이 매우 많다는 것을 통감했다.

사람은 일반적으로 성장 과정에서 주변 사람이나 사회의 가치관에 큰 영향을 받으며 자란다. 그중에서도 특히 큰 영향을 미치는 대상은 부모다. 철이 들기 전 우리 마음은 새하얀 캔버스와 같다. 그리고 한정된 인간관계, 작은 사회 속에서 생활이 시작된다. 어린 시절, 아이에게 부모는 절대적인 존재다. 부모에게 버림받으면 살아갈 수 없기 때문이다.

그래서 부모가 지닌 사회의 관점과 부모가 자신에게 내리는 평가를 그대로 새하얀 캔버스에 받아서 자신의 가치관으로 받아들인다. 세 살 버릇이 여든까지 간다는 속담도 있는데, 이때 심어진 가치관은 그 후에도 계속 자신에게 영향을 준다. 컴퓨터에 비유한다면 기본 소프트웨어(OS)를 설치하는 셈이다.

부모에게 적절한 애정을 받아서 자신의 욕구가 충족되면 있는 그대로의 자신으로 살아가도 세상이 편안하다는 긍정적인 느낌이 자란다. 그러면 '내가 원하는 나'가 '남이 원하는 나'에 지배되는 괴로운 삶을 살지 않을 가능성이 커진다.

그러나 예를 들어, 어머니가 과도하게 간섭하면서 "너는 실수가 많으니까 긴장을 늦추면 안 돼"라고 틈날 때마다 입이 닳도록 말한다면 '나는 실수가 많은 인간이다'라고 자신을 부정적으로 바라보게 된다. 그러면 '내가 원하는 나'를 믿지 못하게 되고, '항상 긴장을 늦추어서는 안 돼'라는 강력한 '남이 원하는 나'의 모습이 완성된다.

만약 아버지가 항상 신경질적이고 외출했을 때 날카로워져서 "남에게 상냥하게 대하면 다른 사람이 얕볼 거야"라고 입버릇처럼 말한다면 사회는 위험한 장소이고, 허세를 부려야 한다는 관점이 생긴다.

물론 사람에 따라 타고난 성질은 달라서 같은 환경에서 자라난 형제라도 전혀 성격이 다르기도 하다. 성격이 대담한 아이, 겁이 많은 아이도 있다. 부모가 사회는 위험하다는 관점을 심어준 경우 대담한 아이는 다른 사람과 다투려고 하고, 겁이 많은 아이는 집에 틀어박히려고 하는 식으로 표현하는 형태가 달라질 수 있다.

아이는 성장하면서 생활하는 사회의 범위가 넓어진다. 초등학교에 입학할 무렵부터 부모와 관련되는 비율은 줄어들고 사춘기가 되면 부모에게 이런저런 말을 듣는 것을 싫어하게 된다. 그러나 부모의 영향에서 벗어난다고 해서 마음이 자유로워지는 것은 아니다. 사회에서 다양한 속박을 받기 때문이다. 특히 일본 사회는 미루어 헤아리는 일, 분위기를 살피는 것을 강조하는 풍조가 있어서 '내가 원하는 나'의 욕구를 바탕으로 행동해도 된다는 가치관이 생소할지도 모른다.

그러나 때로는 도움을 받기도 한다. 내가 만난 고다마 씨는 부모에게 줄곧 부정을 당하며 자라왔지만, 고등학교 때 학교 선생님에게 인정받은 것을 계기로 자신감이 생겼고, 다양한 일에 적극적으로 참여하게 되었다고 한다. 다만 좀 전에 말한 컴퓨터 OS의 예를 통해 말하자면, 사회를 보는 관점은 점점 업데이트해서 개량되지만, 부모와의 사이에 처음 형성된 원형은 계속 남는 경향이 있다. 고다마 씨도 새로운 일에 도전하기를 주저하지 않지만 약간 실패할 때마다 '역시 나는 형편없는 인간일까?'라며 자신감을 잃을 위기가 찾아온다고 한다.

나는 단카이 주니어 세대*인데, 우리 세대는 부모에게 이런 말을 많이 들었다.

"좋은 대학에 가서 좋은 회사에 들어가지 않으면 큰일이 난다."

---

* 일본의 1970~1974년 사이에 태어난 2차 베이비붐 세대. - 옮긴이

"일하지 않는 자는 먹지도 말라고 했다. 사회에 도움이 되지 않는 사람은 쓸모가 없다."

당시에는 친구들도 집에서 비슷한 말을 들어왔기 때문에 특별한 위화감 없이 받아들였다. 부모도 교사도 우리를 위해 말하는 것이라고 생각했다.

그러나 사회에서 활약하지 않으면 형편없다는 '남이 원하는 나'의 가치관은 우리를 옭아맨다. 그리고 자신이 회사에서 좋은 평가를 받지 못했을 때 '나는 형편없는 사람이다'라고 자기 자신을 괴롭히게 된다.

나이를 먹은 뒤 행복하게 죽음을 맞이하려면 살아온 여정을 돌이켜보고 '나는 좋은 인생을 보냈다'라고 생각할 수 있어야 한다. 그리고 동창회에서는 옛 친구와 그리운 추억에 대해 솔직하게 이야기를 나누는 것이 행복일 것이다. 그렇게 하려면 사회에서 활약하지 않으면 꼴사납다는 '남이 원하는 나'의 모습에서 해방되어 '내가 원하는 나'의 모습을 자유롭게 즐길 수 있어야 한다.

부모에게
인정받아야 한다는
믿음

후쿠마 무쓰미 씨는 전 다카라즈카 가극단의 배우다. 후쿠마 씨가 나에게 찾아왔을 때 이미 폐암을 선고받고 암이 온몸으로 전이되어 이대로 있으면 반년밖에 못산다는 이야기를 들은 후였다. 그 때문인지 첫 대면 때 매우 울적한 모습이었다.

　이야기를 들어보니 오래 사는 것은 기대하지 않고, 최대한 주변에 피해를 주지 않도록 조용히 죽고 싶어서 적극적인 치료가 아니라 증상 완화만을 희망하고 있었다. 실제로 사람들과 만나는 것도 최대한 차단하고 있었다.

　암 선고를 받은 것은 가을이었는데, 이야기를 듣자마자 여름 정장을 비롯해 가진 것을 처분했다고 한다. 그때 "기대한 만큼 낙심이 클 테니 기대하지 않으려고 해요"라는 식으로 말한 것을 선명히 기억하고 있다.

　후쿠마 씨는 비교적 유복한 가정에서 둘째 딸로 태어났

다. 후쿠마 씨가 보기에 언니는 매우 귀여워서 친척들의 귀여움을 독차지했다고 한다. 후쿠마 씨는 언니에게 항상 열등감을 느끼고 콤플렉스를 가지고 있었다.

후쿠마 씨의 부모는 피아노나 발레 등 예술적인 활동에 많은 가치를 두고 있어서 후쿠마 씨는 부모에게 인정받으려고 그런 것들을 열심히 배웠다. 그렇게 노력한 보람이 있어서 그 들어가기 힘들다던 다카라즈카 음악학교에 언니와 함께 입학했고, 그 후 당당하게 다카라즈카 가극단의 배우가 되었다.

후쿠마 씨는 연극을 좋아했지만 다카라즈카의 전체주의적인 부분에 적응하지 못하고 몇 년 만에 극단을 나와 언더그라운드 연극 세계에 들어갔다. 하지만 아버지는 언더그라운드 극단의 활동을 전혀 인정해주지 않았다. 그래서 아버지에게 보란 듯이 일본 최고의 명문 극단사계에 들어갔다고 한다. 그러나 아버지는 어째서인지 극단사계의 무대는 한 번도 보러 오지 않았다. 그래서 극단사계에 들어가 아버지에게 인정받고 싶었던 후쿠마 씨의 욕구(실제로 아버지에게 인정받아야 한다는 믿음)는 채워지지 않았다.

그 후 극단사계를 관두고 언더그라운드 세계로 돌아와 연극을 계속했지만, 연기하는 데 커다란 과제가 있었다. 바로 자기다운 연기를 하지 못하는 것이었다. 연기를 할 때면 "네 본모습을 보여봐"라는 말을 들었다고 한다. 자신이 어떻게 보일지 지나치게 머리로 판단한다는 것이다. 나중에 돌이켜보니 자신이 하고 싶은 연기를 하지 않고 '어떻게 연기하면 칭찬받을까?'라고 생각했기 때문인 것 같다고 털어놓았다.

주변에서
좋은 평가를 받고 싶다는
생각은 위험하다

그러던 중 암에 걸려서 조용히 죽어가려고 했지만, 주변에서 "무조건 힘내"라며 열심히 격려해주었다. 자신을 가만히 두었으면 좋겠다고 생각했지만, 격려를 받아들이지 않는 것도 미안해서 "네, 힘낼게요"라며 주변을 배려했다고 한다. 얼마 후 자신의 목숨이 얼마 남지 않았다는 생각이 들었을 때 자신이 정신적으로 피폐하다는 것을 깨닫고 몹시 허무한 마음이 들었다.

어린 시절부터 있는 그대로의 자신을 좋아해주는 사람이 없어 주변의 시선을 신경 써야 했다. 예술적인 활동에 열중했지만 자신을 표현하는 것이 아니라 단지 부모에게 사랑받기 위해서였다. 사랑받기 위해 들어가고 싶지 않았던 극단에도 들어갔다. 마음속에는 자신이 이렇게 하고 싶다는 '내가 원하는 나'보다 주변에 좋은 평가를 받아야 한다는 '남이 원하는 나'의 모습이 지배적이었다.

나는 후쿠마 씨의 이야기를 어느 정도 듣고, 대체적인 상황이 파악되었다.

"하지만 이제는 나답게 살고 싶지 않으세요?"

이런 나의 지적은 후쿠마 씨가 어렴풋이 품고 있던, 말로 표현할 수 없는 부분을 찔렀는지도 모른다. 후쿠마 씨는 갑자기 "아, 그렇죠"라며 울음을 터뜨렸다.

생각건대 후쿠마 씨는 본래 '내가 원하는 나'를 매우 중시하는 사람이었는데, 그보다 더 강력한 '남이 원하는 나'

에 지배당했던 것이다. '내가 원하는 나'는 하고 싶은 연극을 계속 요구하고, '남이 원하는 나'는 있는 그대로의 내 모습으로 연기하는 것을 방해했다. 하지만 '이제 나는 곧 죽는다'라고 생각하니 더이상 '남이 원하는 나'에 사로잡혀 살아가기 싫다는 마음이 강해져서 '내가 원하는 나'의 모습이 앞으로 드러난 것이다.

그때부터 후쿠마 씨는 단숨에 밝아졌다. 다행히 폐암에 대한 약물요법도 효과가 있어 무대에도 복귀했다. 나도 한 번 무대를 보러 갔는데, 살아가는 기쁨을 온몸으로 표현하는 그 파워에 압도되었다.

폐암 치료는 변함없이 지속하고 있지만, "암에 걸렸지만 괜찮아요. 남은 날들 동안 내가 하고 싶은 대로 살아갈 수 있으니까요"라고 말한다. 마음속에 커다란 지각변동이 일어난 것이다.

자신을
옭아매는 것은
무엇인가?

나는 리질리언스 상담 시간에 환자나 유족에게 다음 질문을 던져서 자신의 성장 과정을 되돌아보게 한다. 주로 부모와의 관계 속에서 만들어진 '남이 원하는 나'의 모습을 의식해보고, 그 의식이 지나치게 강하다면 가족과의 관계를 중심으로 이야기를 들으며 사로잡힌 의식에서 벗어나도록 돕는다.

【 질문 】

1. 어떤 가정(부모)에서 태어나 어떻게 자랐는가?

2. 유년 시절을 어떻게 보냈는가?

3. 사춘기에 어떤 생각을 했는가?

4. 성인이 된 뒤 어떻게 사회생활(직장, 가족, 친구 등)을 해왔는가?

5. 병에 걸리기 전에는 무엇을 중요시했는가?

6. 병에 걸리기 전에는 무엇을 싫어했는가?

　본격적인 상담을 시작하기 전 첫 오리엔테이션에서 이 일곱 가지 질문의 답을 생각해서 종이에 써오라고 숙제를 내준다. 다음 모임 시간에 "숙제를 해보니 어떠셨나요?"라고 물으면 많은 사람들이 "제게 참 많은 일이 있었다는 걸 느꼈어요"라고 답한다. 스스로 자신의 인생을 시간의 흐름에 따라 되짚어보면 자신이 어떤 역사를 거쳐 현재에 이르렀는지 이해가 가는 것이다.

　그다음 상담자가 써온 내용을 바탕으로 심층적인 질문을 하고 답을 듣는다. 그렇게 하면 상담자가 지금까지 살아온 인생에 대해 나와 공감대가 생긴다. 그리고 '그런 일을 해서는 안 된다'라고 자신을 단단히 옭아매는 '남이 원하는 나'의 모습이 명백히 드러난다. 동시에 그것이 인생의 어느 지점에서 왜 생겨나 자라왔는지도 알 수 있다. 그러면 '남이 원하는 나'에서 벗어나는 과정에 돌입한다.

　간단히 말해 '우수한 외과 의사가 되어야 한다'는 의식에 사로잡힌 이시하라 씨에게 "어머니에게 인정받기 위해

그러셨군요. 이제 그만 애써도 되지 않을까요?"라고 반복해서 질문하는 식이다.

현대인의 대다수가 마음이 황폐해지는 까닭

지난해 말, 70세를 일기로 세상을 떠난 운노 미쓰오 씨는 오랫동안 어머니와의 불화를 겪었다. 아버지는 개업의였고, 숙부는 도쿄대 교수였다. 그 역시 머리가 비상했으므로 어린 시절부터 어머니에게 "너는 의사가 되어 아버지의 뒤를 이어야 한다"라는 말을 귀에 못이 박히게 들었다.

그러나 운노 씨는 틀에 박힌 대로 살아가는 타입이 아니었다. 중학교 때는 다른 지역까지 건너가 명문 중학교에 다녔는데, 등굣길 환승역에서 갑자기 영화가 보고 싶어서 그대로 줄행랑을 쳤다고 한다. 고등학교에 입학한 뒤에는 부모를 향한 반발심으로 공부는 뒷전으로 미룬 채 신문

기삿거리가 될 정도로 마작판을 들락거렸다. 졸업식에서 얌전히 굴겠다는 조건으로 퇴학을 면했다고 하는데, 그 자유분방한 모습에 나는 웃음이 터져 나왔다.

의사는 되지 못했지만, 본래 능력이 뛰어난 사람이라 IT 기업에서 이인자의 자리에 올랐다. 회사에서 기술적인 부분을 가장 잘 알고 있던 운노 씨는 프로젝트를 기획해 모두에게 지시를 내렸는데, 자기 머릿속에 프로젝트의 결과가 보일 때쯤에는 출근하지 않고 경마장과 오토바이 경주장에 나가 있었다.

그래도 부하 직원을 살뜰히 챙기는 사람이라 주변 사람들에게 인기가 좋았다. 어느 날 사장이 마음대로 회사를 매각했는데, 운노 씨는 100명 남짓한 직원들이 누구 하나 길거리에 나앉지 않도록 재취업을 시키고 자신은 은퇴했다. 그리고 몇 년 후 폐암 선고를 받았다.

이야기를 들은 것은 폐암이 상당히 진행된 후였다.

"내가 암에 걸리다니. 나쁜 짓을 많이 해서 벌을 받는 건가? 주변에 친한 사람이 아무도 남지 않았어. 대체 어떻게 살아가야 하지?"

이렇게 상당한 정신적 스트레스에 시달리던 운노 씨는 아내인 가즈에 씨와 함께 심리 상담을 받으러 왔다.

운노 씨는 "마음이 얼어붙어버렸어요"라고 말했다. 리질리언스 상담 시간에 "마음이 왜 얼어붙었는지 한번 알아보면 어떨까요?"라고 물으니 "별로 뭘 하든 상관없어요"라고 답했다. 아내의 권유도 있어서 마지못해 승낙하는 모습이었다.

리질리언스 상담에서 운노 씨에게 인생을 되돌아보게 했다. 운노 씨는 마음의 문을 닫고 자기 나름대로 주변의 요구에 부응해 어떤 일이든 냉철하게 완수해온 사람이었다. 한편으로는 계속 자책하는 모습을 보였다.

"저는 어머니의 기대에 한 번도 미치지 못했어요. 치매에 걸린 어머니는 마지막까지 저를 향해 '미쓰오는 나쁜 아이'라고 말씀하셨죠."

"형은 문과 계열에 진학했지만, 제가 의사가 되지 못하자 대신해서 어머니의 바람대로 의사가 되어주었어요. 형에게는 미안한 마음이 큽니다."

자유분방하게 살아온 것처럼 보였지만, 운노 씨는 70세가 될 때까지도 '어머니의 바람대로 의사가 되어야 했었다'라는 '남이 원하는 나'의 의식에 사로잡혀 있었다.

나는 "이제 자신을 용서해주면 편해질 거예요"라고 이야기했다. 그가 경마를 좋아해서 회사에서 경마 예상 소프트웨어를 만든 적도 있다는 이야기를 듣고, 경주마에 비유해서 설명했다.

"경마의 정석은 분명 2,400m의 잔디 코스에서 펼쳐지는 레이스이지요. 성질이 순하고 항상 승리하는 경주마도 멋있지만, 이길 때는 큰 차이로 이기면서 안 될 때는 아예 형편없는 성질 사나운 경주마가 더 매력적이기도 해요. 잔디 코스에서는 힘을 못 쓰지만 더트 코스나 장애물 코스에서 대활약하는 경주마도 있어요. 모든 경주마가 잔디 코스에서 이길 필요는 없잖아요. 개성이 다양한 경주마들이 있으니까 경마가 재밌는 게 아니겠어요? 운노 씨의 인생도 그렇게 개성 넘치는 인생이지 않았을까요?"

이 말이 정곡을 찌른 것인지, 이후 운노 씨는 확실히 변했다. 인생의 맨 마지막에서 비로소 삶을 긍정적으로 바라봤으리라. 처음에 소중히 하고 싶은 사람의 순서를 물었을 때는 '직장 동료, 친구, 가족'이라고 했지만, 나중에는 가족이 가장 소중하다고 했다. 마지막으로 병원 문을 나설 때 아내에게 "지금까지 미안했어. 앞으로는 가족을 소중히 할게"라고 말했다고 한다. 머지않아 갑자기 병세가 악화된 운노 씨는 아내의 품 안에서 세상을 떠났다.

있는 그대로의
자신을
긍정하기

암 투병 후에 외상 후 성장이라는 변화가 있음을 제2장에서 이야기했는데, 사람의 생각에는 다섯 가지 변화(새로운 인생관)가 있고, 그중 두 번째가 '인간의 강인함 발견'이라고 했다. 이것은 있는 그대로의 자신을 긍정하는 것, 즉 '결점이 있을지도 모르지만 나는 있는 그대로의 내가 좋다'라고 생각하는 일이다. 다른 말로 하자면 '남이 원하는 나'의 모습에서 벗어나 자유롭게 '내가 원하는 나'로 살아가는 것이다.

운노 씨도 인생의 마지막에 자기 자신을 긍정할 수 있었다. 또 한 사람, 동생을 잃고 난 뒤 암에 걸린 마쓰다 요시히코 씨의 이야기를 소개한다.

마쓰다 씨는 대학에 진학했지만 그 후 거품 경제가 무너져 아버지가 경영하던 회사가 도산하고 말았다. 마쓰다 씨는 힘들게 대학을 졸업했지만, 동생은 경제적인 사정도 있어서 고등학교를 졸업한 뒤 대학에는 가지 않고 지역에 있는 기업에 취직했다. 동생은 사회인이 된 후에도 여러모로 힘든 일을 겪었고, 마쓰다 씨가 36세일 때 자살로 생을 마감했다.

책임감이 강했던 마쓰다 씨는 동생의 자살을 슬퍼하면서 힘이 되어주지 못했던 것을 후회했다. 또 자기만 대학을 졸업해서 동생에게 매우 미안한 마음이 있었다. 동생이 자살한 후 마치 자신을 벌하는 것처럼 좋아했던 취미도 완전히 관두고 상심에 빠져 있는 부모를 보살폈다.

마쓰다 씨는 43세일 때 대장암에 걸린 것을 알았다.

'고통을 몰랐던 나도 이제야 동생의 기분을 알겠구나.'

한편으로 안심이 되었다고 이야기했다. 자신만 좋은 대우를 받았다는 것에 대해 상당히 큰 죄책감을 안고 있었던 것이다. 자신도 병에 걸리자 떳떳하지 못했던 마음이 조금 누그러진 듯했다.

그러나 암이 발견되었을 때 이미 상당히 진행되어 심각한 상황이었다. 죽음을 의식한 마쓰다 씨는 '내 인생은 무엇이었을까?'라고 인생에 대해서도 새삼 생각하게 되었다. 나는 마쓰다 씨와 여러 이야기를 나누었고, 이렇게 말했다.

"마쓰다 씨는 본인 나름대로 열심히 노력하셨군요. 대학 입시에서 눈물겹게 노력을 했고, 그 후에도 성실하게 살아왔어요. 동생이 자살한 것은 슬픈 일이지만 그 원인은 당신이 아니라 다른 데 있을 겁니다. 마쓰다 씨는 지나칠 정도로 충분히 자신에게 벌을 주었어요. 이제 자신을 용서해도 되지 않겠어요?"

마쓰다 씨에게는 '나만 잘 살았다'라고 계속 자신을 부정하는 또 하나의 자신이 있었다. 그러나 죽음을 의식하고 마지막까지 자신을 부정하면서 살아가는 것이 힘들어서 나를 찾아왔다. 상담을 통해 자신을 긍정하게 된 마쓰다 씨는 주변 사람의 친절을 받아들였고, 자신처럼 상처 입은 사람들을 돕고 싶은 마음이 생겼다.

얼마 후 마쓰다 씨는 "앞으로 곤란을 겪는 사람을 돕거나 봉사활동을 하려고 해요"라며 긍정적으로 살아갈 기력을 되찾았다. 마쓰다 씨에게는 아직 어린 자녀가 있는데, 치료를 받느라 아내도 자신도 바쁠 때 외로워하는 아이와 놀아준 사람이 있다고 한다. 그 사람에게 "곤란을 겪는 사람은 곤란하다고 말을 못해요"라는 말을 듣고, '딱 내 이야기야. 나를 알아주었구나'라고 생각해 봉사활동을 시작했다고 말했다.

자신이 힘들 때 받은 사랑에서 따뜻함을 느꼈기에 "앞으로는 내 주변 사람들에게 애정을 가득 담아 다가가고 싶어요. 다양한 일에 진심으로 참여하는 제 모습을 보고 싶습니다"라고도 했다. 그리고 이렇게 덧붙였다.

"돌이켜보면 저는 과거의 사건과 죄책감에 사로잡혀서 시야가 좁아졌어요. 하지만 지금은 자책하는 마음이 사라졌어요. 앞으로는 많은 사람을 사랑하면서 살아가고 싶어요."

사람은
무엇을 위해
살아가는가

여기까지는 암을 경험한 사람이 '남이 원하는 나'의 지배에서 벗어나 자기다운 삶의 방식에 눈을 떠가는 이야기를 했다. 물론 이 책을 읽는 많은 사람이 '시한부 선고를 받으면 과감해지겠지만 나는 아직 몇십 년 동안 살아갈 것을 생각해야 해서 대담해지기 어려워'라고 생각할 것이다. 그래서 여기부터는 내가 어떻게 중년의 위기를 빠져나갔는지 이야기하고자 한다.

나도 최근까지는 무심결에 '남이 원하는 나'에 사로잡힌 삶을 살았다. 그렇게 살아온 배경에는 역시 부모의 존재와 지금까지 성장 과정에서 영향을 받은 사회의 가치관이 있었다.

내 부모님은 열심히 나를 길러주셨고, 틀림없이 나를 사랑해주셨다. 아무것도 하지 못했던 어린 나를 보살피고 다양한 지식과 지혜, 앞으로 나아가고자 하는 향상심을

주셨다.

다만 예전에는 '아이에게 응석을 부리게 하면 안 된다'라는 생각이 일반적이었으므로 내 부모님도 아이가 어떻게 하고 싶은지를 중요시하기보다 '이렇게 해야 한다'라는 생각을 바탕으로 간섭을 많이 하셨다. 그 결과 내 속에 '내가 원하는 나'의 목소리는 줄어들고 '남이 원하는 나'의 모습이 만들어졌다.

어린 시절 나에게 아버지는 위대한 존재였다. 우리 가족에게 아버지는 안심이라는 느낌을 주는 동시에 두려움의 대상이기도 했다. 아버지는 나에게 "사회를 위해 큰일을 해라. 그것이 살아가는 데 가장 중요하다"라는 말을 반복하셨다. 나는 무심코 그 말에 최근까지도 속박되어 있었다.

또 당시 사회 상황을 말하자면, 관리 교육, 수험 전쟁, 교내 폭력이 특징이라고 할 수 있다. 현대보다도 더 '내가 원하는 나'의 모습이 억압당하기 십상인 시대 배경이었던 것이다. 지금도 당시 나누어준 중학교 학생수첩이 기억나는데, 추천하는 머리모양, 소지품, 양말 색상, 치마 길이 등이 상세히 기재되어 있었다. 학생수첩만 봐도 알 수 있듯이 매사의 사고방식부터 단정한 몸가짐 등 세부적인 행동에 이르기까지 개성을 존중하는 것이 아니라 일률적으로 관리하려는 시점이 강했다.

입시 전쟁이 과열되면서 시험 점수라는 단일 기준의 평가에 아이는 구속당한다. 그리고 좋은 점수를 받아야 한다는 '남이 원하는 나'의 모습 때문에 '내가 원하는 나'의 모습은 억눌리게 된다. 감성이 풍부한 아이가 다양한 음악, 자연의 풍경을 편안한 마음으로 감상하고 있어도 "그런 쓸데없는 일을 하면 먹고 살 수가 없어"라고 차단당하기 일쑤다.

나도 좋은 성적을 받으면 칭찬을 받았고, 그렇지 않으면 야단을 맞았다. 그러면 '좋은 성적을 받지 않으면 나는 인정받을 수 없다'라는 암묵적인 전제가 내면에 형성된다. 그리고 인정받으려면 하고 싶은 일은 봉인하는 편이 훨씬 낫다고 생각하게 된다.

나는 초등학교 4학년 때 전학을 가서 새로운 환경에 적응하지 못하고 초등학교 고학년에서 중학교 때까지 괴롭

힘을 당했다. 그래서 다른 사람을 두려워하고 점점 자신
감이 없어졌다. 있는 그대로의 나를 좋아하지 못하고 항
상 두려움에 떨었다.

이렇게 매우 답답한 마음으로 살고 있었지만, 성격이 내
성적인 탓에 주변에 반항할 용기도 없었다. 나는 그저 그
상황을 받아들일 수밖에 없었고, '내가 원하는 나'의 모
습은 마음속 깊은 곳에 완전히 갇히고 말았다.

'내가 원하는 나'는 완전히 목소리를 잃었고, 사회적인
규범과 주변의 의견에 얽매여 '남이 원하는 나'의 모습에
서 살아갈 길을 찾았다. 그 길이 올바른지 아닌지는 부모
와 타인의 승인으로 판단했기에, 주변의 의견에 삶이 좌
우되면서 마음이 흔들렸다. 매일 허무함을 느꼈고 항상 무
언가를 속이고 있는 듯했다. 내가 어떤 존재인지 알 수가
없었다. 그리고 '사람은 무엇을 위해 살아가는가?'라는 고
민이 생겼다.

무엇을 위해 살아가는 것인지 알지 못했던 나는 고등학
교 시절 진로를 생각하면서 고민에 빠졌다. 고육지책으로
낸 답이 의학부에 가서 정신과 의사가 되는 것이었다. 정

신과 의사가 어떤 일을 하는지 잘 몰랐지만, 어쨌든 힘든 사람을 돕는 일이니 아버지의 말씀대로 사회에 도움이 되는 사람이 될 수 있을 것 같았다. 그리고 '나는 무엇을 위해 살아가는가?'라는 물음에도 정신과 의사가 되면 답이 나올 것 같았다.

자신의 길을
찾았다는
착각

대학 시절에는 스스로 자아를 찾아보려고 했다. 여름방학이 되면 배낭을 메고 전 세계를 여행했다. 당시 대학은 출석을 엄격하게 확인하지 않았기 때문에 동아리 활동, 아르바이트, 친구와 노는 데 열중했다. 그러나 어디까지나 사회에 나오기 전의 유예기간이었다. 의사가 되어 사회에 도움이 되는 큰일을 하기 위해 노력해야 한다는 생각은 여전히 마음속에 강하게 있었다.

사춘기는 부모의 지배에서 자유로워지려고 하고, 자기 나름대로 정체성을 모색하는 시기다. 부모에게 반발해서 청개구리처럼 행동하기도 하지만, 이것 또한 부모의 존재를 의식하기 때문이라서 영향력이 남아 있다는 의미다. 진정한 의미로 부모에게서 자유로워지는 것이 아니라는 말이다. 만약 부모의 지배가 없다고 해도 아직 세상 물정을 모르기 때문에 스스로 독자적인 길을 개척하는 수준에는 이르지 못한다. 동경하는 사람, 존경하는 사람을 찾고 그 사람을 롤 모델로 삼아 나아가려고 한다.

나는 대학을 졸업하고 인턴을 거쳐 전문의가 될 때까지는 나 자신이 성장한다는 느낌이 즐거웠다. 새로운 일을 흡수하고 병으로 고통받는 사람에게 도움을 준다고 생각할 기회도 있었으므로 사회에 도움이 되는 큰일을 한다는 목표에 가까워지는 느낌이 들었기 때문이다.

의사가 된 지 5년 차가 되었을 때 국립 암센터에서 일하는 의사의 강연을 들을 기회가 있었다. 그 의사는 환자에게 얻은 데이터를 날카롭게 분석하는 사람이었다. 그 이야기에서 암 환자의 고민을 과학적으로 해결하려고 하는 확고한 의지가 보였다.

　그 의사는 "암 환자나 그 가족의 고통을 조금이라도 덜어주고자 밤낮으로 노력하고 싶다"라고 했고, 그 강연을 들었을 때 오랜만에 감정이 솟구쳐 눈시울이 뜨거워졌다. 아버지가 말씀하셨던 사회를 위해 큰일을 한다는 것이 이런 것인가 싶었다. 내가 원하던 목표를 발견한 기쁨에 나는 그 의사를 롤 모델로 삼고 노력하기로 했다.

　국립 암센터는 일본인의 사인 제1위인 암에 관해서 일본 제일선의 진료와 연구를 하는 조직이므로 당시 나는 그 존재가 우뚝 솟아 보였고, 그곳에 속한 의사는 모두 구름 위에 있는 사람 같았다. 그리고 그 일원이 되어 노력하고 싶었다. 그러나 이는 어떤 의미로 처음에 말했던 두 번째 환상 '사회에 적응해서 성공하면 행복해진다'라는 생각을 바탕으로 한 길이었으므로 곧 깨지고 말았다.

중년기에
찾아온
위기

그때부터 한동안 나는 멸사봉공의 정신으로 노력하기 시작했다. 느긋하게 쉬고 싶고, 여가를 즐기고 싶을 때도 있었지만, 선배는 "암 환자에게는 주말이 없어. 그래서 우리도 쉴 여유가 없어"라고 했다. 밤늦게까지 일하고 당연하다는 듯이 주말 업무도 했다. 그 무렵 나는 그렇게 사는 자세가 옳다고 믿어 의심치 않았다.

처음에 레지던트로 연수를 받는 입장일 때는 그 자세로 노력을 거듭했지만, 국립 암센터에 소속되어 4년차가 넘어가자 팀 리더로서 후배와 부하 직원을 돌봐야 했고, 내 업무는 명백히 허용량을 넘는 상황이 되었다.

관리직이 어떤 마음가짐으로 일을 해야 하는지 기초조차 몰랐던 내가 갑자기 윗사람이 되었으니 나도 괴로웠지만 부하 직원에게도 피해를 주었다. 가장 문제였던 것은 멸사봉공이 당연하다고 생각했기에 부하 직원에게도 그 자세를 요구했던 일이었다. 그런 마음이 없었던 부하 직원은 나를 도무지 이해할 수 없었기에 형편없는 상사라고 생각했을 것이다.

또한 지위가 올라가자 우뚝 솟아 보이던 국립 암센터라는 조직의 실체가 눈에 들어왔다. 오해가 없도록 말해두지만 일본의 국립 암센터는 틀림없이 매우 뛰어난 연구기관이다. 국립 암센터가 창출한 연구 성과는 헤아릴 수 없을 정도다.

그러나 어떤 우수한 연구기관이라도 이상만으로는 운영할 수 없는 법이다. 연구자가 하고 싶은 일이 있어도 국가의 방침에 맞지 않으면 예산을 얻기가 힘들고, 채산도 생각해야 한다. 국가의 방침도 항상 뚜렷한 것이 아니라 정권이 바뀔 때마다 내용이 크게 달라진다.

5년 전에 위에서 "평생 연구해보게"라고 들었던 사항이 어느새 없던 일이 되기도 했다. 그래서 멸사봉공의 자세로 조직이 하는 말에 그저 맹목적으로 따르기만 해서는 내가 갈 길이 명확하지 않을 것이라는 느낌이 강해졌다. 내가 과연 무슨 의미 있는 일을 할 수 있을지 마음이 흔들렸다.

들어올 때는 그저 동경의 대상처럼 보이던 국립 암센터의 의사들도 친분을 쌓다 보니 한 명의 인간으로서 고민이 많다는 사실을 알게 되었다. 조직의 평가 때문에 성과를 내기 위해 발버둥 치는 사람도 많았다.

물론 조직이 맞아서 즐겁게 일하는 사람도 있지만, 정년까지 고민을 거듭하며 이를 악물며 노력하는 사람도 있고, 기력을 전부 소진하는 사람도 많았다. 내가 놓인 상황과 다른 사람을 알면 알수록 멸사봉공의 자세로는 밝은 미래를 맞이할 수 없음을 깨달았다.

아마도 무엇을 하고 싶은지 확고한 상태에서 그것을 실현하기 위해 조직에서 일하는 자세라면 문제가 없을 테지만, 나처럼 '조직의 일원으로 무조건 노력하면 미래의 나를 만족시킬 것이다'라는 생각만으로는 한계가 있다. 내 경우 요구되는 업무의 수준이 높아지자 능력을 벗어나는 일은 하기가 힘들었으며, 그것이 내가 꼭 하고 싶은 일도 아니었으므로 40대에 접어들자 체력의 저하와 함께 위기가 찾아왔다. 이쯤에서 한계가 온 것이다.

또 하나 환상이 무너지는 계기가 있었다. 부모님이 연로해지시는 일이다. 나에게 절대적인 존재였던 아버지도 더는 두려운 존재가 아니었다. 아버지도 70세를 넘기자 제일선의 업무에서 물러나 평온한 날을 보내고 계신다. 그런 아버지를 보고 있으면 '사회에 적응해서 성공하면 행복해진다'라는 생각이 절대적이지 않다고 이해할 수 있었다.

성공해도
불행한 사람,
돈과 지위가 없어도
행복한 사람

중년에 들어서자 나를 여기까지 이끌어준 지침은 전부 무너졌다. 내 능력과 노력에도 한계가 있고, 사회에 적응하려고 주변 사람과 조직이 원하는 대로 노력해도 어차피 행복해지지 않음을 깨달았다. 지금까지 믿어온 것이 서서히 무너지자 결국 황야에 홀로 우두커니 서 있는 느낌이었다.

　그러나 다행히 나는 그 상황에 절망하지 않았다. 끝이

아니라 어딘가에서 잘못되었을 뿐이며 반드시 길이 있다고 생각했다. 왜냐하면 내가 매일 만나는 환자들이 내가 나아가야 할 방향을 암시해주었기 때문이다.

내가 국립 암센터에서 일하기 시작하고 얼마 지나지 않았을 무렵 잊을 수 없는 만남이 있었다. 그 무렵 나보다 조금 젊은 20대 남성 환자를 만났다. 구강암이었는데, 수술을 했는데도 바로 재발했다. 그는 재발했다는 사실을 알았을 때 매우 충격을 받아 '나는 아무런 나쁜 짓도 하지 않았는데 왜 이런 일을 당해야 하지?'라고 인생의 불합리함을 느껴 분노가 폭발했다고 한다.

그 후 입안의 종양이 점점 커져서 아무것도 목으로 넘길 수 없는 상황이 되었다. 담당 의사는 젊은 사람이 병세가 뚜렷해서 마음이 많이 안 좋을 것이니 이야기를 들어주었으면 좋겠다고 했고, 내가 상담을 맡게 되었다. 진료 기록을 보자 이런 상태에서는 어떤 심경일지 상상하기 어려웠고, 만약 내가 이런 상황이라면 견딜 수 없을 것 같았다. 나는 그에게 어떤 말을 해야 할까? 무엇을 할 수 있을까? 그런 생각에 두려워하면서 그를 만나러 갔다.

그런데 막상 만나보니 그는 긍정적인 반응을 보였다. 나에게 "선생님, 만나러 와주셔서 감사합니다"라고 웃으며 맞이해주었다. 가족과 담당 간호사 등 주변 사람들에게도 항상 감사의 마음을 전했다. 주스를 스포이트로 마시고 "맛있다"라고 웃음을 보이거나 좋아하는 소설을 읽고 감동했다는 것을 즐겁게 이야기했다.

당시에는 그가 어째서 평정심을 잃지 않을 수 있는지, 주변에 배려하고 웃음을 보일 수 있는지 이해할 수 없었다. 그러나 지위나 돈은 고사하고 먹는 자유를 비롯해 건강을 빼앗겼다고 해도 행복을 찾아내는 길이 어딘가에 있다는 것을 그는 몸소 나에게 보여주었다.

이후 다른 많은 환자의 삶을 통해서 '남이 원하는 나'의 기준으로 보는 '사회에 적응하면 행복해진다'는 생각은 진실이 아니라는 것을 배웠다. 그러면 정말 소중한 것은 무엇일까? 그것은 다음 장부터 살펴보겠다. 나는 이렇게 '남이 원하는 나'의 모습에서 '내가 원하는 나'의 모습을 구해내는 길을 발견했다.

중년의 위기는
인생의 기회

다시 말하는데, 중년의 위기는 이름 그대로 위기이지만, 사실 어떻게 생각하느냐에 따라 있는 그대로의 자신을 재발견하는 기회도 된다. '나는 계속 성장할 수 있다'는 환상과 '사회에 적응해서 성공하면 행복해진다'는 환상이 무너지기 시작하면 위기가 시작된다.

즉, 지금 위기를 맞이한 여러분은 환상에서 깨어나 현실을 자각할 수 있다. 용기가 필요하지만, 사회에 적응해야 한다는 환상에 매달리는 것이 아니라 그것을 떠나보내고 새로운 가치관에 마음을 열어가는 작업이 필요하다. 이것도 다시 말하지만, 가장 좋지 않은 것은 자신의 마음에 솟아오르는 위화감이나 허무감을 무시하고 좀 더 노력해야 한다는 환상에 매달리는 일이다.

특히 지금까지 예를 든 몇 명의 사람처럼 부모의 영향으로 '남이 원하는 나'의 모습이 강하게 형성된 사람들은 그 사고에서 자유로워지기가 좀처럼 쉽지 않다. 그러나 계속 환상에 매달려 있으면 상황만 악화될 뿐이다. 최악의 경우 마음에 병이 생길 수도 있으므로 적절한 대처가 필요하다.

조금씩
반항해본다

예전에 매우 엄격한 어머니의 영향을 받던 환자 다케다 도모미 씨가 상담을 하러 온 적이 있다. 다케다 씨는 어릴 때 매우 활발한 아이였다고 한다.

그런데 어린 시절 밖에서 놀다가 저녁이 되면 어머니가 무서운 표정으로 데리러 와서 "언제까지 놀 거야?"라고 집에 강제로 끌고 갔다고 했다. 반항하면 아버지가 돌아올 때까지 집에 들여보내주지 않았기 때문에, 다케다 씨는 주변 사람들에게 쫓겨난 것을 들키지 않기 위해 집 근처를 서성이며 시간을 보냈다.

다케다 씨가 다니는 회사는 직원 관리를 혹독하게 했

다. 별로 중요하지 않은 회의인데도 정규 업무 시간 외에 참석을 강요하는 일이 많았다. 너무 지루해서 무심코 꾸벅꾸벅 졸기도 했는데, 들키면 상사에게 미움을 받을 것 같아 껌을 씹으며 애써 졸음을 참았다고 한다.

나는 그 이야기를 듣고 '왜 그렇게까지 하지? 대충 회의를 피해도 될 텐데'라고 생각했지만, 조직의 결정사항에 등을 돌리는 것은 쉽지 않았을 것이다. 다케다 씨는 직장에서 분쟁을 일으키고 싶지 않았다고 했다. 또 상사가 화를 내면 "뭐 하는 거야?"라고 하던 어머니가 떠올라 똑바로 해야 된다고 마음을 다잡았다.

나는 엄격한 어머니가 심어준 생각에 사로잡힌 다케다 씨에게 "그럼 뒤늦게나마 반항을 해봅시다"라고 권했다. 다케다 씨가 살고 있는 곳은 주변에 사람의 왕래가 활발해서 남의 시선이 매우 신경 쓰이는 분위기라고 했다. 나를 만나러 왔을 때는 휴직 중이었는데, 집에 있으면 이웃들이 "쉬고 계시나 봐요?"라고 자꾸 물어서 움츠러들었고, 스트레스를 받았다.

그래서 나는 반쯤 농담처럼 이렇게 말했다.

"그럼 여러 나라 사람이 모이는 이국적인 곳에서 아침까지 놀다 오면 어때요? 사람이 북적거리는 번화가에서 노는 것도 좋을 거예요. 이참에 머리 색을 금발로 바꾸어보면 어떨까요?"

다케다 씨는 웃으면서 "그럴 수 없어요. 하지만 재밌겠네요"라고 했다. 다음 진료 때 다케다 씨는 이런 소식을 알려주었다.

"선생님이 말씀하신 대로 번화가에 갔어요. 지금까지 해보지 않았던 일을 해보자고 마음먹고 스트립쇼를 보러 갔는데, 엄청 재밌었어요."

들어보니 최근에는 스트립쇼에 빠지는 여성이 늘고 있다고 한다. 에로티시즘과 아름다움이 융합된 세계에 매료된다는 것이다. 다케다 씨는 처음에 어머니에게 반항하는 마음이 들어 망설여졌지만, 행동을 바꾸어보니 지금까지 몰랐던 즐거움을 느꼈다고 한다.

내가 처음으로 '남이 원하는 나'의 목소리에 했던 반항은, 언제나 거절한 적이 없었던 업무 모임을 뿌리치고 하고 싶었던 소소한 일을 한 것이다. 그때 마음이 끌렸던 타샤 튜더의 인생을 그린 영화를 보러 갔었다.

타샤 튜더는 미국의 동화, 삽화작가이며 원예가와 인형 작가라는 모습도 있는 인물이다. 타샤 튜더가 그린 그림은 미국인의 마음을 표현하는 그림이라고 일컬어지며 크리스마스카드에 자주 사용되고 있다.

타샤 튜더는 50대 중반에 미국의 시골 마을로 이주해서 홀로 자급자족하는 삶을 시작해 계속 그렇게 살았다. 그 라이프스타일은 미국뿐 아니라 일본에서도 화제가 되어 일부 열정적인 팬이 생길 정도였다.

내가 본 영화에서는 그야말로 마음 가는 대로 살아가는 타샤 튜더의 삶이 그려졌다. 자연의 아름다움 속에서 살아가는 매일이 휴가 같다는 타샤 튜더. 감동적인 영화를 다 보고 나자 마음이 따뜻해졌다.

그날 밤 침대에 누웠을 때 마음이 채워지는 느낌이 들었다. '남이 원하는 나'를 한번 멀리해보자, 이 방향으로 가도 좋겠다는 확신이 들었다. 그 후 반항하는 일에 자신이 생겨서 대담하게 반항해갔다. 이렇게 조금씩 '남이 원하는 나'의 모습에 갇혀 있을 때 하지 못했던 일을 해보고,

'내가 원하는 나'의 모습이 채워지는 순간을 발견하면 만족감을 얻을 수 있다.

'남이 원하는 나'를
제거하는
방법

'남이 원하는 나'의 모습을 쉽게 버리지 못하는 사람의 머릿속을 컴퓨터에 비유하자면 행동을 규제하는 명령조의 팝업창이 뜨는 것과 같다. 예를 들어, 쉬고 있으면 머릿속에 "일을 제대로 해야지!"라는 팝업창이 뜬다. 업무를 하는 도중에도 "그렇게 일을 대충 해도 괜찮겠어?", "누가 권유하면 제대로 응답해야지. 정말 불성실하네"라는 식으로 시끄러울 정도로 팝업창이 잇달아 뜬다. 나도 예전에는 그랬다.

이런 사람에게는 "당신의 머릿속에는 성가신 소프트웨어가 설치되어 있는 것과 같아요"라고 짚어준다. 자신이 마음 가는 대로 행동하고 싶어도 '남이 원하는 나'의 팝업 창이 떠서 안절부절못하게 만든다. 또한 팝업창을 띄우는 소프트웨어에 다수의 컴퓨터 처리능력을 사용하면서 마음이 쉬는 것을 방해한다. 정말로 필요할 때 원래 가진 처리 속도를 내지 못하므로 그 소프트웨어는 제거하는 편이 낫다. 그러면 어떻게 해야 이 성가신 소프트웨어를 제거할 수 있을까?

첫걸음은 자기 안에 있는 '남이 원하는 나'와 '내가 원하는 나'를 제대로 구별하는 일이다. 많은 사람의 머릿속에는 이렇게 하고 싶다는 마음과 이렇게 해야 한다는 마음이 섞여 있고 양쪽 모두 같은 자신이라고 인식한다. 이것을 같은 자신이라고 인식하지 말고, 자신의 내면에 '내가 원하는 나'의 목소리와 '남이 원하는 나'의 목소리가 있다고 각각 라벨을 붙일 수 있다면 첫 단계는 성공이다.

제거하고 싶은 것은 '이렇게 해야 한다'라고 '남이 원하는 나'의 목소리를 팝업창으로 띄우는 소프트웨어이므로, '남이 원하는 나'의 목소리가 나오면 '이건 원래 내 목소리가 아니야', '이상한 소프트웨어가 들어 있는 거야'라며 이상한 존재라고 인식하자.

이를 반복하다 보면 서서히 팝업창을 의식적으로 조작할 수 있다. 다만 갑자기 가능한 일은 아니며, '남이 원하는 나'의 목소리를 전부 부정하지 않아도 되므로 서서히 진행하는 것이 좋다.

'남이 원하는 나'에서
감성을
해방한다

'남이 원하는 나'의 존재를 인식하게 되었다면 어떻게 해야 할까? 앞으로 설명하는 것은 '내가 원하는 나'의 목소리를 듣고 자기답게 살아가는 것을 선택하기 위한 작은 요령이다. 나는 '남이 원하는 나'의 강한 주문에 걸려 있었기 때문에 그곳에서 벗어나기 힘들었고, 여러 시행착오를 겪었다. 내가 해서 좋았던 방법이 모두에게 도움이 된다는 확신은 없지만, 조금이라도 참고하기 바란다.

예전에 나는 부탁받은 업무를 거절하지 못하고 강박적으로 떠맡아서 완전히 용량이 초과된 상태가 된 적이 있었다. 분명 작업 효율이 떨어져 있었는데, 그래도 부탁받으면 거절하지 못하고 나를 더 몰아붙이는 악순환을 거듭했다. 지금 돌이켜보면 왜 그랬는지 이해가 되지 않지만, 당시는 '그러면 안 돼', '기대에 부응하지 않으면 신뢰를 잃을 거야'라는 강렬한 목소리가 들려서 '쉬고 싶다', '이제 더는 무리다'라는 자신의 목소리를 머릿속에서 밀어버렸다.

당시의 나에게 '남이 원하는 나'의 모습을 위해 '내가 원하는 나'를 희생하는 것은 상당한 중압감이 생긴다는 것을 말해주고 싶다. 가고 싶지 않은 모임에 초대받았을 때나 하고 싶지 않은 일을 부탁받았을 때 '거절하면 나중에 고립될지도 몰라'라는 또 하나의 내가 나올 수도 있다. 어떤 일을 할 때 '좀 더 제대로 하지 않으면 다들 형편없는 사람이라고 생각할 거야'라는 목소리가 들려올지도 모른다.

물론 그것을 전부 거절하는 일은 쉽지 않겠지만, 하고 싶지 않은 일을 계속 떠맡다가는 인생이 허무해지고 삶의 활기가 뿌리째 뽑혀나가서 우울증에 걸릴 위험마저 있다.

그런 희생을 해서라도 갈 만한 가치가 있는 모임인지, 떠맡아야 할 일인지 '남이 원하는 나'의 목소리에 무조건 따르기 전에 제대로 판단해야 한다. 그리고 조금씩 '남이 원하는 나'의 목소리에 반항해보면 어떨까? 조심스럽게 사소한 일부터 시작해도 된다.

사소한 부분부터
'내가 원하는 나'의
목소리를 듣는다

나는 사소한 부분부터 '내가 원하는 나'의 목소리를 듣는 연습을 시작했다. 예를 들어, 점심은 편의점에서 사 먹는 일이 많았는데, 지금까지는 '우동이면 재빨리 먹을 수 있겠지', '돈가스는 칼로리가 높아'라는 식으로 생각하면서 메뉴를 골랐다. 그러나 그런 합리적인 계산을 조금 멀리하고 가슴에 손을 대면서 '나는 지금 어떤 것을 먹고 싶은

가?'라는 데만 집중해 매장의 진열대를 바라보았다. 그렇게 하면 자연히 먹고 싶은 것에 손이 갔다. 당연히 먹고 싶은 음식을 먹으면 조금 만족감이 생긴다.

미리 영화를 정하지 않고 영화관에 가서 마음이 가는 대로 영화를 골라 보았다. 서점을 그냥 둘러보다가 마음이 두근거리는 책을 사기도 했다. 결과적으로 사지 않아도 상관없다. 마음이 향하는 대로, 되는 대로 하는 것이 좋다. 목적이나 시간에 제한을 두지 말고, 자신의 마음이 어디에서 두근거리는지 '내가 원하는 나'의 목소리에 귀를 쫑긋 세워보는 것이 중요하다.

나는
사람이 되었다

나는 착실히 '내가 원하는 나'의 목소리를 듣는 연습을 지속했다. '남이 원하는 나'의 목소리를 이상한 존재라고 인식하고, 반항해도 된다고 생각했을 때는 그 목소리에 대담하게 거역해보기도 했다. 그렇게 하자 재밌는 변화가 일어났다. 가끔씩 세상이 밝게 빛나 보이는 순간이 찾아온 것이다.

얼마 전 숲에 있는 노천온천에 간 적이 있다. 하반신에는 온천물의 따뜻함이 느껴지고, 상반신에는 자연의 차가운 공기가 찌릿하고 닿으니 기분이 매우 좋았다. 위를 올려다보니 우뚝 솟은 침엽수 사이로 활짝 갠 높은 하늘이 보였다. 나는 심호흡을 하거나 공기를 가득 들이마시며 '아, 살아 있구나'라고 마음속으로 생각했다. 장소를 이동하자 산에 보이는 단풍이 정말 예뻤다. 그 아름다움에 넋을 잃는 동안 자연히 눈물이 차올랐다.

사실 5년 전에도 같은 노천온천에 온 적이 있었는데, 그때는 '돌아가면 회의가 기다리고 있구나. 어쩌지', '그 일이 아직 끝나지 않았는데'라는 말들만 머릿속을 맴돌아 주변 경치가 전혀 눈에 들어오지 않았고, 자연을 감상할 수 없었다.

그야말로 '남이 원하는 나'에 사로잡혀 지금을 살아가는 순간이 즐겁지 않은 상태였다. 그런데 이번에 단풍을 보고 '아, 단풍이 예쁘구나'라고 생각함과 동시에 '내가 사람이 되었구나'라는 생각이 들자 만감이 교차해 눈물이 차오른 것이다.

이때 내가 사람이 되었다고 느낀 것은 단풍을 보고 감동하는 나 자신을 발견하고 '나는 냉혹한 인간이 아니구나. 아름다움을 제대로 느끼는 마음이 있었어'라고 생각했기 때문이다. 그전까지는 계속 감정을 죽이고 마음을 드러내는 일이 없었다. 모두가 울고 있어도 어쩐지 차가운 마음이 들었다. 그런데 '낙엽이 예쁘구나'라고 느낀 순간 나에게도 따뜻한 마음이 있다는 생각에 매우 기뻐서 눈물이 나온 것이다.

이렇게 나에게 변화가 생긴 것은 '남이 원하는 나'에 얽매여 있던 자신에게 이별을 고하고 '내가 원하는 나'로 살아가게 되었기 때문이다. '남이 원하는 나'에 사로잡혀 있을 때는 진정한 내 모습이 어디 있는지 알 수 없는 느낌이었지만, '내가 원하는 나'를 찾아낸 지금은 진정한 나를 찾은 것 같은 기분이 든다.

제 4 장

나는 있는 그대로
살아가기로 했다

- 자신을 긍정하면 인생에 사랑이 생긴다

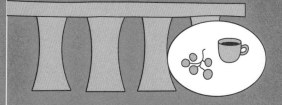

4

자신을 받아들이면
다른 사람도
받아들일 수 있다

지금까지 중년의 위기의 메커니즘을 설명하고, 그곳에서 빠져나오려면 두 가지 환상을 떠나보낼 필요가 있다고 했다. 그리고 '남이 원하는 나'에 사로잡힌 자신을 해방하고 '내가 원하는 나'를 따라 사는 것이 중요하다고도 했다.

그런데 '남이 원하는 나'에서 자기 자신을 해방한다면 자기 멋대로 사는 사람이 되는 것일까? 야무지지 못한 게으름뱅이가 되는 것일까? 이런 의문이 생길 수도 있겠지만, 그럴 일은 없다고 말해두겠다. '내가 원하는 나'를 따라 살아가면 진정한 의미로 사람을 사랑하게 될 것이다.

제3장의 앞부분에서 외과의사 이시하라 씨를 소개했다. 이시하라 씨는 어머니의 "훌륭한 외과의사가 되었으면 좋겠다"라는 기대를 가슴에 품고, 스스로 자신을 규제하며 일을 했으며, 주말 근무나 야근도 마다하지 않았다.

그러나 올바른 일을 하는 이면에서 이시하라 씨의 마음은 비명을 질렀고, 남몰래 분노라는 감정이 쌓이고 있었다. 그 분노는 느긋하게 살아가는 젊은 후배 의사를 향했기 때문에 그들에게 매우 엄격하게 대했다. 이시하라 씨가 후배 의사에게 보인 행동은 애정이 아니라 질투라고 해도 과언이 아니었다.

이시하라 씨는 완벽하지 않은 자기 자신을 받아들인 후 후배도 포용하게 되어 매우 상냥해졌다. 그전까지는 완벽한 외과의사가 되는 것만을 의식했지만, 자기 자신을 받아들인 후에는 눈앞의 환자와도 제대로 마주하게 되었다. '남이 원하는 나'의 모습이 사라지자 후배 의사에게도 완벽함을 요구하지 않게 되었다.

나도 사회에 도움이 되는 존재가 되고자 했을 때보다
한결 평온해졌다. 이전에는 사회에 도움이 되어야 한다는
마음에 주변 사람의 기대에 부응하려고 노력했고, 이상대
로 되지 않으면 '나는 형편없는 사람이야'라고 자책했다.
그러나 점점 이상대로 되지 않는 자신을 받아들이게 되었
다. 그렇게 하자 다른 사람도 받아들일 수 있었다. 사람은
모두 결점이 있지만 그 결점을 안고 살아가는 모습이 사랑
스러울 정도였다.

　　물론 허용이 안 되는 사람도 있다. 예를 들면, 자신이나
자신의 소중한 사람에게 위해를 가하는 존재는 받아들이
기 어렵다. 그러나 누군가가 나에게 위해를 가했을 때 이
전이었다면 '화내면 안 돼. 냉정하게 행동해야지'라고 솔
직한 마음을 보이지 않았지만, 이제는 내 감정을 소중히
하게 되었다. 그렇게 하면 분노를 악화시키지 않고 지나갈
수 있다.

자신을 옭아매는
과거의 자신을
버린다

융은 중년의 위기를 맞이했을 때 사람이 목표로 하는 길을 자기실현, 혹은 개성화라고 표현했다. 이것은 '남이 원하는 나'에 지배당해 억눌렸던 '내가 원하는 나'를 해방하고 어린 시절에는 꾸밈없이 드러냈던 자신을 되찾는 일, 성장해서 사회에 적응하는 과정에서 잊어버린 자신과 만나는 일을 가리킨다.

'내가 원하는 나'를 해방하면서 지금까지 몰랐던 뜻밖의 자신과 만나는 일도 있을 것이다. 이시하라 씨나 내 사례처럼 '좋은 사람이어야 한다'라고 자신을 옭아매는 것이 아니라 지금까지 억눌렸던 자신을 만나고, 자신의 결점을 받아들이며, 있는 그대로의 자신을 인정하는 것이다.

앞에서 소개했던 센가 씨처럼 강인한 아버지로 살아온 사람이 자기 내면의 연약하고 외로운 부분을 만나기도 한다. 항상 냉정했던 사람이 소년처럼 천진난만한 부분과 연결되는 과정도 있다.

자기 내면에 있는 다양한 측면을 알고, 그런 자신을 인정하는 일은 사람의 폭을 넓혀준다. '내가 원하는 나'를 탐구하고 자신의 다양한 얼굴과 마주해보자. 다양한 측면에서 매사를 파악하게 되고, 깊게 생각하게 해줄 것이다.

올바르고 강한 모습만이 아니라 연약하고 잘못을 저지른 자신의 모습도 인정해야 한다. 시인 아이다 미쓰오의 「방황해도 괜찮아. 인간이니까(つまづいたっていいじゃないか にんげんだもの)」라는 시는 이것을 단적으로 표현하고 있다. 그러면 다른 사람의 다양한 모습을 포용할 수 있다. 타인에게 상냥해지므로 나도 다른 사람에게 사랑을 받는다.

그러면 잊고 있던 자신이나 몰랐던 자신과 만나는 작업은 어떻게 해야 진행할 수 있을까? 중년기가 되면 '이 사람처럼 살아야지'라고 존경했던 젊은 시절의 롤 모델은 이제 없다. 다른 사람을 모방해도 자기 자신의 모습을 찾을 수 없다. 자신은 자신이며 다른 사람과 똑같이 살려고 해도 행복해지지 않는다는 것을 알고 있다. 중년의 위기 후에 가는 길이 융이 말한 것처럼 자신이 몰랐던 자신과 만나는 일이라면 마치 망망대해로 출항하는 느낌일지도 모른다.

삶의 여정을 어떻게 나아가면 좋을까? 다양한 문학이나 철학 속에서 참고할 만한 부분도 있을 것이다. 여기에서 또 암 환자의 예로 돌아가겠다. 그들이 인생에 한계가 있다는 것을 강렬히 의식하고 내면의 풍요로움을 탐구하며 걸었던 여정에서 힌트를 얻기로 하자.

인생의
우선순위를
재점검한다

제2장에서 말했지만 위기가 지나가고 나면 어떤 세상이 있을까? 심리학 분야의 외상 후 성장에 관한 연구에서 위기를 겪은 사람의 생각에는 다섯 가지 변화가 발행한다고 했다. 제2장에서는 '나는 계속 성장할 수 있다'라는 환상에서 벗어나는 것에 대해 말했다. 그리고 죽음을 의식

해서 한정된 시간을 깨달으면 하루하루를 살아가는 것이 귀중해지고 인생에 대해 감사하는 마음이 솟아난다고도 이야기했다.

제3장에서는 '사회에 적응해서 성공하면 행복해진다'는 환상에서 벗어나면 있는 그대로의 자신을 좋아할 수 있다고 했다. 자신을 긍정하는 것, 자신답게 살아가는 것, 이것이 두 번째 '인간의 강인함 발견'이다.

그리고 오늘 하루를 보내는 것이 당연한 일이 아님을 깨닫고 감사하는 마음이 생기면, 사람은 이 귀중한 시간을 어떻게 보낼 것인지 열심히 생각하게 된다. 인생에서 정말로 중요한 것이 무엇인지 우선순위를 생각하고 사는 보람에 대해 깊게 생각하게 된다. 이것이 다섯 가지 변화 중 세 번째, '새로운 시점'이라고 부를 수 있는 변화다.

또 한 사람, 암 투병을 계기로 인생관에 커다란 변화가 생긴 사람을 소개하겠다. 그는 와타나베 히로미치라는 남성 환자로, 병에 걸리기 전에는 식품회사에서 일을 가장 중요시하며 살아온 사람이다.

앞에서 소개했듯이 리질리언스 상담을 받으러 와서 자

기 자신의 역사를 돌이켜보는 질문에 대답을 작성했다. 그 외에도 "병에 걸리고 깨달은 것(긍정적으로 느끼는 것)이 있습니까?"라는 질문을 해봤다. 와타나베 씨는 "인생에 끝이 있음을 깨달았다"라고 답했다. 그리고 병으로 죽을지도 모르고, 뜻밖의 사고나 천재지변을 당할 수도 있으니 하루를 소중히 여기고 최선을 다해야 하며, 지나치게 인내해서도 안 된다고 생각이 바뀌었다고 말했다.

실제로 병에 걸린 뒤에는 '장어가 먹고 싶다'라고 생각하면 '내일 먹자'라거나 '다음에 먹자'가 아니라 바로 먹으러 간다. '전통 공연을 보고 싶다'라고 생각하면 바로 가는 등 즉시 실행하도록 행동 패턴이 바뀌었다고 한다.

예전에는 '전통 공연을 보러 가고 싶어도 어디에서 표를 사야 할지 모르겠는데', '복장을 어떻게 해야 하지? 가볍게 갈 수가 없는데'라며 하고 싶어도 하지 않을 이유를 스스로 만들어냈다. 그러나 '내게 시간이 별로 남지 않았어'라고 생각하면 '이제 그런 말을 할 때가 아니야'라고 생각이 바뀌어 행동적이게 되었다는 것이다.

실제로 공연을 보러 가보니 극장에서 여러 사람이 친절

하게 가르쳐주었고, 캐주얼한 복장으로 가도 아무 상관없다는 것을 알았다고 한다. 와타나베 씨는 원래 소극적이었는데 병에 걸리고 행동적이게 되자 '내가 적극적으로 움직이면 사람들이 상냥하게 받아주는구나'라는 것을 경험했다. 세상이 무섭다는 선입견에서 벗어나 한 걸음 나아가니 사람들이 손을 내밀어준 것이다.

반대로 지금까지 중요하다고 생각했던 일이 별것 아니라는 생각도 늘어났다. 예를 들어, 업무로 고민하다가도 '이런 건 병에 걸려서 죽을지도 모르는 일에 비하면 어차피 일시적인 거잖아', '애초에 업무는 인생에서 그리 중요한 일이 아니야'라고 생각하게 되었다. 앞날의 일을 걱정하기보다 가고 싶은 미술 전시를 놓치지 않는 일이 훨씬 중요해졌다.

'이번 기회를 놓치면 보고 싶은 그림을 볼 수 없어. 지금밖에 할 수 없는 일이 있는 거야.'

매사를 보는 관점이 완전히 바뀌어 '남이 원하는 나'에 얽매였던 자신에서 벗어나 '내가 원하는 나'를 되찾은 것이다. 와타나베 씨는 이런 말도 했다.

"목숨과 직결되는 수술을 받으니 정말 다시 태어난 것 같아요. 병에 걸려서 다행이라고는 생각하지 않지만 깨달은 것이 많습니다."

살아가는 것, 가족과의 정이 중요하다는 것을 깨달았고, 병을 통해 친구와도 만났으며, 새로운 일을 할 수 있다는 기대도 크다고 말했다.

사랑에
눈 뜨다

귀중한 시간을 어떻게 보낼지 열심히 생각한 다음에 많은 사람이 가장 중요하게 여기는 것은 무엇일까? 그것은 소중한 사람과 보내는 시간으로, 다섯 가지 변화 중 네 번째, '타자와의 관계 변화'에 해당한다.

인생 후반에 다른 사람을 사랑하고, 다른 사람에게 사랑받는 일, 즉 사랑이 있는 인생을 보낼 수 있다면 행복하지 않을까? 반면에 아무리 돈이 많고 사회적으로 지위가 높다고 해도 사랑이 없는 고독한 인생은 견딜 수 없을 것이다.

앞에서 소개한 27세에 위암에 걸린 오카다 다쿠야 씨의 뒷이야기를 이야기하겠다. 오카다 씨는 젊어서 건강을 잃은 것에 대한 분노와 슬픔을 표출하는 과정을 거쳐, 남은 인생을 어떻게 살아가야 의미가 있을지 생각했다.

투병이 시작되었을 때는 시도 때도 없이 부모님에게 갈 곳 없는 분노를 쏟아냈다. 오카다 씨가 입원 중에 생긴 일이었다. 식욕이 없는데 어머니가 "조금이라도 먹어야지"라고 하자 짜증이 폭발해 "나도 먹어야 하는 건 알아. 하지만 먹을 수가 없다고! 나에 대해서 뭘 안다고 그래? 그만 집에 가"라고 말했다고 한다.

어머니가 돌아갈 채비를 하는 동안 오카다 씨의 분노는 진정이 되었고, 어머니에게 화풀이를 해서 죄송한 마음이 들었다. "다쿠야. 미안해"라고 눈물을 글썽이며 병실을 뒤로 하는 어머니의 쓸쓸한 뒷모습을 보고 오카다 씨는 오히려 괴로워져서 "엄마 미안해. 정말"이라고 어머니에게 사과를 했다.

그 후 오카다 씨는 일시적으로 퇴원해서 마지막에는 완화 케어 병동에서 세상을 떠났다. 퇴원했을 때 어린 시절 앨범을 보았다고 한다. 그곳에는 어린 시절의 그리운 추억이 있었고, 사진 한 장 한 장에 부모님의 애정이 듬뿍 담겨 있음을 느꼈다.

마지막에 만났을 때 오카다 씨는 온화한 표정으로 말했다.

"무엇보다도 이제까지 길러주신 부모님께 감사한 마음을 제대로 전하고 싶어요. 제가 없어지면 분명히 어머니가 가장 슬퍼하실 거예요. 그때가 왔을 때를 대비해 좋은 추억을 만들어두고 싶어요. 계속 부모님께 신세만 진 불효자식이었거든요. 특별한 일은 아무것도 할 수 없지만 어머니의 시골이 있는 홋카이도에 오랜만에 함께 가려고 생각 중이에요."

오카다 씨는 "젊은 나이에 죽어야 하는 것은 안타깝지만 저는 행복했어요. 지금까지 감사했습니다"라는 감사의 말을 부모님에게 전했다고 한다.

신장암이 재발해서 나에게 찾아온 하네다 가즈에라는

환자가 있다. 하네다 씨는 예술쪽 일을 하고 있고 매우 스타일이 좋으며 감정이 풍부했지만 어딘가 자신을 낮게 평가하는 인상을 받았다. 왜 그런 인상을 풍기는지 여느 때처럼 하네다 씨에게도 성장 과정을 써보게 해서 이유를 찾았다.

하네다 씨는 미에 현에서 태어났다. 세 살 위인 형이 있고, 친척들에게 꽤 귀여움을 받았다. 부모님이 형에게 큰 기대를 걸었던 것을 어린 시절부터 느꼈다고 한다. 아래로는 열한 살 어린 남동생이 있는데, 늦둥이라서 부모님에게 사랑을 듬뿍 받았다고 한다. 나이 차이가 큰 만큼 어린 동생을 열심히 보살폈다.

하네다 씨도 부모님에게 사랑을 받았지만, 형이나 동생에 비해서는 약하다고 느꼈다. 그리고 부모님이 자신에 대해서는 '적당히 키워주면 되겠지'라고 생각할 것이라고 상상했다. 자신은 형제 중에서 툭 불거져 나온 느낌이었다. 그러나 중간에 낀 아이는 그럴 수밖에 없다고 스스로 이해했고, 특별히 불만은 없다고 했다. 이렇게 말하는 본인은 깨닫지 못하는 듯했지만, 사실은 사랑받고 싶다는 마음을 내면에서 억눌러서 마음 한구석에 쓸쓸함이 느껴졌다.

세 형제 중 중간에서 불거져 나온 느낌을 지닌 채 어른이 된 하네다 씨는 암 투병을 계기로 심경에 큰 변화가 생겼다. 암에 걸린 뒤 친구들이 위로와 조언을 해주면서 온 힘을 다해 격려하는 것을 느꼈고, 검사 결과가 조금이라도 나쁘면 모두가 진심으로 걱정했다고 한다.

지금까지 부족했던 사랑받는 경험을 갑자기 하게 된 것이다. 그리고 스스로 살아갈 힘을 되찾지 않으면 면목이 없다고 생각했고, 주변 사람들의 따뜻한 마음에 부응하고 싶어졌다. 하네다 씨는 이렇게 말했다.

"죽음이 가까이 있다고 생각하니 인생은 유한하다는 것을 새삼 깨달았습니다. 그리고 하고 싶은 일을 뒤로 미루지 않고 계속하고 싶다는 강한 욕구가 느껴졌어요. 게다가 저는 혼자서 살아가고 있지 않다는 것도 통감했습니다. 제가 생각했던 것 이상으로 많은 사람들이 저를 걱정해준다는 사실에 정말 감사했어요. 제가 살아온 곳이 이렇게나 따뜻한 세계였다는 것을 새삼 느꼈습니다. 누군가 저를 걱정해준다는 것은 정말 살아가는 힘이 됩니다."

또 하네다 씨는 이런 말도 했다.

"다른 사람의 고통에 둔감하고 싶지 않아요. 저와 직접 관계가 없는 사람의 일에도 관심을 기울이고 싶어요. 모르는 척하고 싶지 않습니다. 제가 병에 걸렸을 때 마음을 써준 사람은 친구들뿐 아니라 친구들의 가족들도였어요. 이렇게 사람의 연결을 따라가다 보면 지금은 전혀 모르는 사람과도 어딘가에서 이어져 있다는 생각이 들어요. 그래서 지금은 일본에서 먼 곳에서 일어나는 커다란 일도 남의 일이라고 생각하지 않아요."

이런 말은 하네다 씨 이외의 암 환자에게도 몇 번이나 들은 적이 있다. 힘든 일을 겪으면 다른 사람의 고통에도 마음이 가서 생판 남이라는 느낌이 옅어지는 것이다. 예를 들어, 하네다 씨는 지진으로 해일을 만나 아이를 잃은 사람의 이야기를 들으니 피해를 당한 사람의 슬픔이 매우 생생하게 느껴져서 남 일이라고 생각할 수 없었다고 한다. 심경에 이런 변화가 나타나는 것은 다른 사람에게 공감성이 증가한 결과로 보인다.

그래도 자신을
긍정하지 못하는
사람을 위해

유방암에 걸린 야마자키 에이코 씨의 이야기다. 야마자키 씨는 43세로 독신이고 미용 관련 회사에 근무했다. 자신의 아름다움을 매우 소중히 여겨온 사람이다. 말투가 격하고 분노를 가감 없이 드러내기 때문에 처음에는 나도 친해지기 어려웠다. 그러나 이야기하는 동안 마음속에 있는 야마자키 씨의 외로움과 상냥함을 느꼈다.

야마자키 씨에게 "유방이란 무엇입니까?"라는 물음은 답이 간단하지 않은 듯했다. 여성의 상징 같은 것이 아니라 굳이 비유하자면 "당신에게 당신은 무엇입니까?"라고 묻는 것처럼 어려웠다. 그런 사람이 수술을 결정하고 심경의 변화를 적은 수기를 소개하고자 한다.

유방암을 선고받은 순간 '수술하기 싫다'라는 생각이 순간적으로 스쳐 지나갔다. 암이 진행 중이라서 수술 전에 반년 동안 항암제 치료를 하기로 했는데, 바로 수술에 들어가지 않아서 오히려 다행이라고 생각했다.

수술 설명을 들으며, 유방을 전부 적출한 사람의 사진을 봤는데, 갈비뼈 위에 그냥 피부가 붙어 있는 모습이었다. 나는 격한 공포에 사로잡혔다. 동료나 친구가 "목숨이 가장 중요하다", "재건하면 되지 않느냐"라고 했을 때는 몹시 화가 났고 살의에 가까운 감정을 느꼈다.

'모두 뭘 안다고 그래? 아이가 있거나 결혼을 했거나 스타일에 신경 쓰지 않는 사람의 가슴과는 전혀 다른 거야. 나는 결코 수술은 하지 않을 거야. 암이 진행해서 스스로 무너지고 피와 고름이 가득한 썩은 가슴으로 고통받으면서 너희들을 원망하면서 죽어갈 거야.'

이렇게 생각하고 실제로 이 말을 입 밖으로 내뱉기도 했다.

외과의사도 간호사도 모두 수술을 권했지만, 나는

"불가능해. 나는 수술할 수 없어요!"라고 외쳤다. 이를 본 한 간호사가 "이제 됐어요. 그 모습이 바로 야마자키 씨예요"라고 말해주었다. 나는 이 말이 매우 신선했다. '나? 그래. 나라는 건 바로 이런 거야'라고 생각했다.

그리고 그 간호사에게 눈물을 글썽이며 이 병원에서 유방 절제술을 받을 수밖에 없다는 생각을 전달했다. 점점 감정이 고조되었고 아이가 울음을 터뜨리듯이, 드라마나 영화에 나온 사람처럼 큰 소리로 울었다. 이렇게 운 것은 거의 처음이었다. 발광하는 것처럼 느껴져 스스로 내 기분을 진정시켰다. 사실은 좀 더 울고 싶었다.

수술 후 나는 머리부터 발끝까지 타이즈를 입고 있는 기분이 들었다. 등 중간까지 내려오던 긴 머리카락은 항암제 복용으로 빠져버려서 대머리가 되었고 몸에는 굴곡이 사라졌다.

입원 중에 상처에 연고를 발라야 했는데, 간호사에게 부탁하는 것이 싫어서 스스로 발랐다. 그러면 내

잃어버린 가슴을 보게 된다. 우선 의사 선생님께 가슴 사진을 찍어달라고 해서 그것을 보았다. 절제한 부분이 내 얼굴과 함께 나오지 않으면 다른 사람의 몸을 보는 것 같았다. 간호사에게 작게 접는 거울을 가져다달라고 부탁해서 그것으로 매일 상처만 보면서 연고를 발랐다. 내 얼굴과 수술한 몸을 함께 보게 되기까지 4개월이 걸렸다.

퇴원 후에는 몸도 아프고 마음에도 병이 들었다. 아무 죄도 없는 아름다운 여자에게 해코지를 하고 싶은 충동에 사로잡히기도 했다. 그런 자신이 비참해졌고, 진심으로 높은 곳에서 뛰어내리는 생각을 했다. 수술을 해도 3년 생존율은 68%다. "나는 그렇게 길게 살고 싶지 않아. 이 괴로움은 길게 지속되지 않을 거야"라고 혼자 중얼거렸다.

1년의 휴직을 거쳐 단기 근무로 직장에 복귀했지만, 몸도 힘들었고 뭐든지 제대로 할 수 없었다. 반년 만에 퇴직했다. 잃은 것은 가슴만이 아니었다. 직장에서의 위치, 수입, 체력. 3개월이 지나서 재취업을 했다. 수술한 지 만 2년. 조금씩 몸은 회복되었다.

암에 걸려 피부의 탄력도 없어지고, 얼굴색은 거무 칙칙했으며, 머리카락도 가늘어졌다. 수술 때문에 쇄골 아래도 움푹 들어갔다. 항암제 부작용으로 다리가 저렸다. 입을 수 있는 옷도 신을 수 있는 신발도 한정되어 있었다. 이 일로 매일 짜증이 났다.

그런데 이상하게도 한동안 시간이 지나자 조금씩 심경이 변했다. 이대로는 안 된다고 즐거워질 수 있도록 노력했다. 어른이 되면 1년이 눈 깜짝할 사이에 지나가는 것은 새로운 발견이나 체험, 감동이 줄어들기 때문이라고 책에서 읽었다. 하루에 1NEW를 시작했다. 하루 한 개, 첫 경험을 한다. 먹은 적이 없는 것을 먹어본다. 가본 적이 없는 곳에 가보는 식이다. 꽤 힘들지만 그런 일을 하는 동안 즐거운 느낌이 들었다.

최근에는 지금까지 즐기지 않았던 술도 마셨다. 어느 날 맥주 페스티벌에 가서 옆에 있던, 아무리 봐도 오타쿠처럼 보이는 남성과 이야기를 나누었다. 애완 동물로 뱀을 두 마리 키우고, 직업으로 동물실험용 동물을 사육하고 관리한다고 했다.

'이런 직업도 있구나. 내가 암을 치료할 수 있는 건 이런 사람들이 있기 때문일까?'

이전과 비교해서 다른 사람을 받아들이는 범위가 넓어졌다. 복장이 이상한 사람, 스타일이 나쁜 사람 등 지금까지 피했던 사람과도 평범하게 어울리게 되었다. 스스로 규칙을 느슨하게 했다. 무언가 해야 한다는 생각을 멈추었다. 근로와 납세의 의무를 지고 범죄만 저지르지 않으면 된다.

수술한 지 2년 9개월이 지났을 때 혈액 검사 결과, 종양 표지자가 기준치는 넘지 않았지만 수술 직후보다는 배가 되었다. 재발했다는 예감이 들었다. 나는 급하게 생각했다.

"이런 일을 하고 있을 때가 아니야. 일단 일을 관두자. 재건 수술을 하자. 그 전에 해외여행을 가자."

아니나 다를까 수술한 지 만 3년 후에 한 재검사 PET에서 주치의에게 "흉골 림프절과 흉골에 전이 재발"이라고 선고받았다. 눈물이 계속 흘러내렸다. 하지만 심한 충격은 아니었다. '그렇구나. 재발이구나'라고 받아들였다. 죽기보다 싫은 유방 절제 수술도 받았는데.

이번에야말로 정말 죽음이 가까워졌는지도 모른다. 암 선고를 받았을 때 '어째서 아무 행복도 찾지 못했는데 죽어야 하지?'라고 화가 났다. 어린 시절도 학생 시절도 행복했다고 생각하지 않았다. 연애도 결혼도 제대로 되지 않았다. 아이도 없다. 일을 하면서도 고생이 많았다. 그래도 나는 열심히 해왔다.

지금 내 인생은 꽤 재밌고 자랑스러운 일도 있다. 행복하지는 않지만 적당히 즐거운 나날을 보내고 있다. 수술 전에는 몸이 정상이라 무리해서 일도 했고, 그런 노력은 보상을 받았다. 어느 정도의 일은 내 힘으로 바꿀 수 있었다. 그래서 앞으로도 인생을 바꿀 수 있고, 내가 행복하다고 느끼는 일을 발견해서 행복한 인생을 만들어가겠다는 이상이 있었다.

지금은 수술하고 후유증도 남아서 내 힘으로 해결하지 못하는 콤플렉스가 많아졌다. 이상을 버려야 했다. 수술 전에 내가 해온 노력과 자랑스러운 일은 과거일 뿐, 앞만 바라보며 나아갔다. 앞날의 환상 같은 이상을 이루는 일이 내 행복이었던 것 같다.

수술을 한 뒤 미래를 버리고 암이 재발하게 되자 과거가 빛나기 시작했다. 유방암에 걸려 수도 없이 "이제 끝이야! 끝이라고!"라고 말했던 것은 바로 미래를 버린 것이었을지도 모르겠다.

지금 매일이 그럭저럭 즐거운 것은 미래의 환상 같은 이상을 위해 피나는 노력을 하지 않기 때문일지도 모른다. 그리고 환상 같은 이상을 이루려고 아무리 힘들게 노력해도 나는 행복해지지 않을 것이다. 지금까지 그려온 이상은 신기루 같은 것이었을까? 행복이 '태어나서, 살아 있어서 다행이라고 생각하는 것'이라면 나는 아직 그렇게 생각하지 않는다. 하지만 유쾌함, 즐거움, 만족감, 성취감은 느낄 수 있다.

'내가 원하는 나'로 살아가면 어느새 사람이 모인다

야마자키 씨처럼 암에 걸린 사람의 경우 상실을 경험하고 상처받는 일도 있다. 지금까지 그리던 이상을 놓아야 하는 일도 적지 않다. 그러나 인간이 맞닥뜨려야 하는 현실인 노화, 질병, 죽음을 직시하면 애초에 인간은 만능이 아니며, 지금까지 그리던 이상은 환상이었음을 깨닫는다.

그렇게 하면 인간은 거스를 수 없는 현실에 괴로워하면서 살아가는 존재라는 인식이 생긴다. 젊은 시절 천하를 손에 넣겠다는 기세등등함은 없어진다. 그리고 누구나 인생의 마지막에는 죽음을 향한다고 생각하면 어느 쪽이 위이고 어느 쪽이 아래라는 우열은 별로 의식하지 않게 된다. 명예의 가치가 상대적으로 내려가므로 사회적으로 지위가 높은 사람을 질투하지 않게 된다. 잠시 동안의 전능감을 얻기 위해 사회적 지위를 얻으려고 경쟁에 에너지를 쏟으면 무언가를 얻을지도 모르지만, 어차피 찾아오는 노화와 질병과 죽음이라는 현실에서 도망갈 수는 없기 때문에 그런 노력을 하고 싶지 않게 된다. 그러면 마음이 편해진다.

이상을 놓아주고, 강하고 완벽해지고자 하는 삶의 방식을 버리면 자신의 연약함, 여림, 교활함을 인정하게 된다. 그리고 인간은 당연히 성인군자가 아니라는 생각이 자라나 다른 사람의 연약함이나 교활함에도 관용을 베풀 수 있다.

누구나 자신이 약할 때는 사랑받고 싶거나 누군가 지켜주기를 바라는 마음이 강하게 든다. 이럴 때 주변 사람의 친절을 접하면 정말로 감사한 느낌이 들고, 지금까지 서먹서먹한 인간관계의 이미지를 다시 칠하게 된다. 그리고 자신이 다른 사람에게 사랑받는 것을 인식하기 시작하면 이번에는 다른 사람에게도 애정을 쏟게 된다.

오스트리아의 유명한 심리학자 알프레드 아들러는 '공동체 감각'이라는 말로 다른 사람과의 관계 속에서 살아가는 우리의 감각을 설명했다. 공동체 감각은 다른 사람을 동료라고 간주하고 그곳이 내가 있을 곳이라고 느끼는 감각을 의미한다.

사람은 태어나서 죽을 때까지 인생을 지구라는 공동체 속에서 모두가 서로 협력하며 살아간다. 그래서 지구에 살아가는 모든 사람이 커다란 가족처럼 느껴지고 실제로 만난 적도 없고 존재조차 몰랐던 완전한 타인에게도 무관심하지 않게 되는 것이다.

자신이 상처받는 슬픔을 겪으면 슬픔에 매우 예민해지고 공동체의 일원인 다른 사람의 슬픔에도 민감해진다. 여러 사람이 소중해지고 타인의 상처와 고통도 느끼는 동시에 다른 사람의 친절도 느끼게 되어 사랑을 받아들이기가 더 쉬워진다.

늙는 것을
두려워하지 마라

사람은 늙는 것을 두려워한다. 특히 활기, 아름다움, 강인함을 소중히 해온 사람에게 체력이 떨어지는 일, 외모가 노화되는 일, 연약해지는 일은 두려울 수밖에 없다. 그러나 걱정하지 않아도 괜찮다. 안심하고 늙어가는 자신을 인정하고 받아들이자.

노화를 인정하면 답답함에서 벗어나 새로운 세계가 펼쳐진다. 그 이유에는 몇 가지가 있다. 먼저 아무리 노력해도 젊음은 잃게 된다. 그래서 늙어가는 자신을 인정하면 불가능한 목표인 젊음을 계속 유지해야 한다는 속박에서 자유로워진다. 늙어가는 자신, 연약한 자신을 인정하는 일이 처음에는 서글플지도 모르겠지만, 그렇게 하면 다른 사람의 연약함과 상처에 대해서도 측은한 마음이 생겨 여러 사람에게 자연히 너그러워진다.

나이를 먹으면 사람이 둥글어진다고들 하는데, 분명히 모두 이 과정을 지나가는 것이리라. 그리고 다른 사람에게 너그러워진다면 여러분 주변에는 자연스럽게 따뜻한 사람이 늘어날 것이다. 그리고 사랑이 있는 인생의 문이 열릴 것이다.

제 5 장

지금을 살아가지 못하면
세상이 무미건조해진다

- 지금 이 순간을 즐겨라

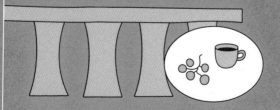

5

앞에서 상실을 경험하고 '내가 원하는 나'를 깨달으면 마음속에 다양한 변화가 일어난다고 했다. 그리고 사랑이 있는 인생이 시작되는 것을 몇 가지 사례와 함께 소개했다. 또한 중년의 위기를 빠져나온 뒤에 보이는 것은 아이처럼 순수한 마음을 되찾고, 매일을 즐기는 일이라고 했다.

그렇게 하면 지금까지 보이지 않았던 아름다운 풍경이 눈앞에 펼쳐진다. 이것은 외상 후 성장의 다섯 번째에 해당하는 '정신적인 변화'와도 겹쳐진다.

어째서 이런 변화가 일어나느냐면, 어린 시절에는 꾸밈없이 드러냈던 자신이라는 존재를 성장해서 사회에 적응하는 동안에 잊어버렸는데, 인생 후반에 다시 한번 만날 수 있기 때문이다. 게다가 '내가 원하는 나'를 해방시키면 잊고 있던 자기 자신만이 아니라 지금까지 몰랐던 새로운 자신과 만나기도 한다.

정신과 의사 이즈미야 간지 선생이 자주 인용하는데, 니체는 『차라투스트라는 이렇게 말했다』에서 낙타, 사자, 아이라는 비유를 들어 인간의 변화와 성숙의 과정을 나타냈다.[*]

『차라투스트라는 이렇게 말했다』의 언설

세 가지 모습의 변화

(동지에게 하는 설교가 시작된다. 무거운 짐을 견디

---

[*] 『普通がいい'という病(평범한 것이 좋다는 병)』, 이즈미야 간지.

는 의무 정신에서 자율로. 나아가 무구한 일체의 긍정 속에서 창조로. 이것이 초인 탄생의 경로다.)

나는 자네들에게 정신의 세 가지 모습에 대해 이야기하겠다. 즉, 어떻게 해서 정신이 낙타가 되고, 낙타가 사자가 되고, 사자가 아이가 되는지에 대해 설명하려는 것이다.

경외가 깃들어 있는, 강력하고 무거운 짐을 견디는 정신은 수많은 무거운 것을 만난다. 그리고 이 강인한 정신은 무거운 것, 가장 무거운 것을 요구한다.

(중략)

전부 이런 가장 무거운 것을, 무거운 짐을 견디는 정신은 무거운 짐을 지고 사막으로 서둘러 가는 낙타처럼, 우리 몸에 짊어진다. 그렇게 해서 그는 그의 사막으로 서둘러 간다.

그러나 고독의 극점인 사막에서 제2의 변화가 일어난다. 그때 정신은 사자가 된다. 정신은 자유를 우리 것으로 하려고 하고, 자기 자신이 선택한 사막의 주인이 되려고 한다.

(중략)

내 형제들이여. 무엇을 위해 정신의 사자가 필요한가? 왜 무거운 짐을 짊어지고 체념과 경외라는 생각에 찬 낙타로는 불충분한가?

새로운 여러 가치를 창조하는 일-그것은 아직 사자도 할 수 없다. 그러나 새로운 창조를 목표로 해서 자유를 우리의 것으로 하는 일-이것은 사자의 힘이 아니면 안 된다.

자유를 우리 것으로 하고 의무에 대해서조차 성스럽게 부정하는 것, 내 형제들이여. 그러기 위해서 사자가 필요한 것이다.

새로운 여러 가치를 세울 권리를 자신을 위해 획득하는 것-이것은 무거운 짐을 견디는 경건한 정신에 소름이 끼치는 행위다. 진심으로 그것은 그에게서 강탈하는 것이며 강탈을 일삼는 맹수의 행동이다.

(중략)

그러나 생각하라. 내 형제들이여. 사자조차 할 수 없는데 아이의 몸으로 할 수 있는 것이 있다. 그것은

무엇이겠느냐. 어째서 강탈하는 사자가 나아가 아이
가 되어야 하는가.

　아이는 무구이고 망각이다. 새로운 시작, 놀이, 스
스로 도는 수레바퀴, 최초의 움직임, 그런 성스러운
발언이다.

- 『차라투스트라는 이렇게 말했다』, 니체

　인생의 전반은 이런 사람이 되어야 한다는 규범을 배우
고, 그것을 위해 사람은 노력을 거듭한다. 니체는 인생 전
반의 인간을 낙타로 표현하고, 성장하기 위해 낙타는 "좀
더 무거운 것을 짊어지게 해주세요"라고 바랄 것이다. 낙
타에게 맹종을 강요하는 것을 용으로 표현하고 있는데,
현대로 말하자면 부모나 학교, 조직 등 사회적 규범을 심
는 존재가 용에 해당할 것이다.

　그러나 인간은 점점 낙타처럼 살아가는 것이 답답해진
다. 그래서 낙타는 사자로 변신해서 용을 쓰러뜨린다. 이
것이 '남이 원하는 나'에서 자유로워지는 과정을 나타내
며, 중년의 위기를 맞닥뜨린 사람은 두려움의 대상인 부모

나 사회가 심어놓은 가치관에서 자유로워지는 것이 과제가 된다.

그리고 사자를 쓰러뜨린 후 자유를 얻은 인간은 어떻게 될까? 이 물음에 니체는 아이로 변신한다고 말하고 있다. 인생 전반에 심어진 올바른 행동에서 해방되었다면 어린 시절의 풍요로운 감성이 되살아나서 두근거리는 기분을 되찾는 것이다.

이성을 누그러뜨리면
감성이 되살아난다

그러면 니체가 말하는 아이가 된다는 것은 무엇일까? 나는 다니카와 슌타로의 시에서 힌트를 발견했다. 내가 이전에 근무했던 병원에는 원내 학급이라는 병동 내 학급이 있었는데, 이곳에서 소아병동의 아이들이 치료를 받으면서 학교에 다녔다.

내가 중년의 위기 한복판에 있을 때 이 학급에서 초등

학교 저학년생의 학습 발표회가 있었다. 그곳에서 다 함께 다니카와 슌타로의 「살다(生きる)」라는 시를 돌아가며 낭독하는 모습을 보았다.

살아 있다는 것

지금 살아 있다는 것

그것은 목이 마르다는 것

나뭇잎 사이로 비치는 햇빛이 눈부시다는 것

문득 어떤 멜로디를 떠올리는 것

재채기를 하는 것

당신과 손을 잡는 것

살아 있다는 것

지금 살아 있다는 것

그것은 짧은 치마

그것은 천체 투영기

그것은 요한 슈트라우스

그것은 피카소

그것은 알프스

모든 아름다운 것을 만난다는 것

그리고

숨겨진 악을 주의 깊게 거부하는 것

- 「살다」, 다니카와 슌타로 시, 오카모토 요시로 그림

이 시를 돌아가며 낭독한 아이들은 간단하지 않은 치료를 받으면서 분명 열심히 시를 외웠을 것이다. 생기 있는 아이들의 목소리를 들으며 '아, 좋다. 살아 있다는 건 이런 거구나'라고 느꼈다. 동시에 '나는 이런 의미로는 살아 있지 않구나'라는 생각에 이르렀던 기억이 난다.

제3장의 끝에서 숲속 노천온천에 앉아 자연이 아름답다고 생각했던 경험을 이야기했다. 그때부터 내 감성은 점점 열렸다. 지금은 이 시의 메시지에 순수하게 감동할 수 있고 나 자신에게 살아 있다는 감각이 생겼다.

'나뭇잎 사이로 비치는 햇빛이 눈부시다'라는 부분에서는 순수하게 '아, 아름답다'라고 생각하거나 목이 말라서 차가운 물을 들이켜 '아, 시원하다'라고 감격하거나,

'당신과 손을 잡는 것'이라는 말을 보고 예전에 안고 있던 연정을 떠올렸다.

제1장에서 이야기했던 센가 씨도 그랬지만, 내 상담자들도 '이렇게 해야 한다'라는 강력한 '남이 원하는 나'의 모습에서 벗어난 뒤에 아이처럼 풋풋한 감성이 되살아난 사람이 많다.

어른이 되면 어린 시절의 순수함을 잃는다고 하지만, 잃는 것이 아니라 강한 이성으로 인해 마음속에 갇혀 있을 뿐이라고 생각한다. 그래서 지나치게 강한 이성이 누그러지면 감성은 서서히 되살아날 것이다.

죄책감이라는

환상에서

해방된다

사실은 '남이 원하는 나'의 모습이 만들어내는 어떤 감정을 씻지 못하면, 판단력이 둔해져 새로운 세상을 보지 못할 수도 있다. 어린 시절 어머니의 자살을 겪은 미야다 가즈아키라는 남성이 있다. 이 사람은 줄곧 '내가 걱정을 끼쳐서 어머니가 자살했다'라고 생각했다.

미야다 씨는 출신지인 가가와 현에서 고등학교를 졸업한 뒤 도쿄에 있는 대학으로 진학했고 그대로 직장을 구해 본가에 돌아가지 않았다. 본래 아버지와 사이도 좋지 않았고, 고향 땅의 공기를 맡는 것이 무서워서 과거를 지우고 싶었다.

미야다 씨는 50세를 목전에 두고 대장암에 걸렸고, 그 후 전이되었다는 판정을 받자 자신의 죽음을 의식하게 되었다. 아버지와 만나기를 계속 피했지만 이대로 가다가는 아버지와 평생 만날 수 없을지도 몰랐다. 그래서 병에 걸렸다는 이야기만이라도 하고자 몇십 년 만에 귀성 길에 올랐다.

세토 내해를 가로지르는 길고 긴 세토 대교를 건너서 고향 마을의 어귀에 들어섰을 때 미야다 씨의 눈에 비친 풍경은 미야다 씨를 몹시 고통스럽게 했다. 본가에 가서 오랜만에 만난 아버지는 많이 연로해서 미야다 씨의 기억속 아버지와 전혀 딴 사람 같았다. 그 모습을 본 미야다 씨의 마음속에서는 오랫동안 아버지를 향했던 반발심이 자취를 감추었다.

오랫동안 찾아오지 않았던 미야다 씨에게 아버지는 상냥하게 "잘 왔다"라고 말해주었다. 그리고 미야다 씨는 자신을 계속 괴롭혔던 속마음을 처음으로 아버지에게 털어놓았다. 그 대화 속에서 어머니가 자살한 것은 미야다 씨때문이 아니라 나을 수 없는 심한 마음의 병 때문이라는 것을 처음 알았다고 한다.

그 순간 '그랬구나!'라는 충격과 함께 한없이 마음을 짓눌렀던 죄책감이 사라져 매우 평온해졌다. 자신의 수명이 이제 별로 남지 않았을지도 모르지만, 자책감에서 벗어나 살아가기로 했다.

돌아오는 길에 차창 너머 보이는 고향의 풍경은 가면서 본 풍경과 같았지만, 미야다 씨의 눈에는 전혀 다르게 비쳤다. 그리고 어린 시절 어머니와 보냈던 기억, 친구와 놀았던 기억이 되살아나서 눈물이 끊임없이 흘렀다. 미야다 씨는 이렇게 말했다.

"그 풍경을 봤을 때의 느낌을 굳이 말로 하자면 정말 그립고도 감미로웠어요. juicy라는 표현이 딱 맞을지도 몰라요. 뭐라 표현할 수 없이 마음이 떨려 왔습니다."

자책감에서 벗어나자 가는 길에는 고통스러웠던 광경이 돌아가는 길에는 전혀 달리 보였다. 향수를 자아내는 풍경이 정말 달콤하게 다가온 것이다. 여러분이 자신을 형편없다고 자책하고 있다면, 자신을 용서하는 그 순간부터 세상이 빛나기 시작하지 않을까?

마음이
되살아나는
순간

사랑과 아름다움의 세계를 경험한 환자의 이야기를 하나 더 소개하겠다. 이름은 야노 유코, 48세에 유방암에 걸린 여성이다.

야노 씨에게는 중학생 딸이 있었다. 딸은 조금 내성적이라 학교 친구들과 잘 어울리지 못하고 학교를 걸핏하면 쉬었다. 게다가 야노 씨가 유방암에 걸렸을 때 일시적으로 등교를 거부했다고 한다. 딸의 앞날을 매우 걱정하던 야노 씨는 암에 걸려 딸에게 부담을 준 자신이 원망스러웠다.

딸이 고등학교에 입학한 후 야노 씨의 유방암이 재발했다. 화학 요법을 받았지만, 병은 서서히 진행되었다. 그런 야노 씨의 모습을 보고 딸은 많은 말을 하지는 않았지만, 고등학교에 다니면서도 헌신적으로 집안일을 도왔다.

야노 씨는 딸의 모습을 보고 '내가 병에 걸리지만 않았다면 우리 딸이 평범한 학교생활을 했을 텐데'라고 내내 마음이 불편했다.

딸이 고등학교 3학년 3학기 때, 야노 씨의 유방암이 간을 비롯해 온몸으로 상당히 전이되었고, 봄을 맞이할 수 있을지 장담하지 못하는 상황이 되었다.

야노 씨도 자신의 목숨이 오래 남지 않았음을 깨달았지만, 어떻게든 딸의 졸업식에는 가고 싶었다. 그 소망은 이루어져서 야노 씨는 자동차 의자에 앉아 졸업식에 참가했다. 그리고 꼿꼿이 서서 졸업 증서를 받아든 딸의 모습을 보고 '이 아이가 훌륭하게 성장했구나'라는 안도감과 아직 어리광을 부리고 싶을 시기였는데도 효도해준 딸에 대한 고마움으로 눈물이 멈추지 않았다.

그 후 남편과 딸과 함께 벚꽃 아래에서 사진을 찍었다고 한다. 그러다가 문득 고개를 들었을 때 파란 하늘 아래 꽃을 피우고 있는 아름다운 벚꽃이 눈에 들어와 할 말을 잃었다.

'벚꽃이 이렇게 아름다웠구나.'

지금까지는 자책감에 사로잡혀 자연의 아름다움에 눈을 돌릴 여유도 없었지만, 졸업식에서 딸의 모습을 보고 딸을 믿는 마음과 함께 지금까지의 자신을 용서할 수 있었다.

그리고 성장한 딸의 모습과 세상을 떠나기 전 멋진 하루를 보낼 수 있었던 자신의 상황이 아름답게 꽃피운 벚꽃에 겹쳐져 보였다. 그 아름다운 풍경에서 사람의 힘을 훨씬 뛰어넘은 어떤 거룩함을 느꼈다고 한다.

아름다움을
느낄 수 있는
인생

폐암 수술을 받고 1년이 지나 마침내 일상생활을 보내게 된 가토 다다오 씨가 자신이 느낀 심리 변화가 흥미로웠다고 알려주었다. 이 이야기를 나에게 해주기 며칠 전에 시즈오카 현의 스소노시에 골프를 치러 갔다고 한다. 이제 막 벚꽃이 피는 계절이라서 후지산에는 새하얗게 눈이 덮여 있었다. 그 모습을 본 가토 씨는 문득 이렇게 생각했다.

'후지산을 이렇게 가까이 본 게 언제였지? 게다가 겨울에 눈 덮인 후지산은 적어도 30년 동안 본 기억이 없어. 그렇다는 것은 다음에 보는 때가 30년 후일지도 모른다는 건데…… 그렇게 오래까지 내가 산다는 보증이 없어. 그러면 눈 덮인 후지산을 가까이 보는 건 이번이 마지막일지도 몰라.'

이렇게 깨달은 순간 눈앞에 펼쳐진 후지산의 웅대한 모습이 한없이 사랑스러웠다고 한다.

상식적으로 후지산이 갑자기 없어진다는 것은 있을 수 없는 일이다. 가토 씨가 '눈 덮인 후지산을 보는 건 이번이 마지막일지도 몰라'라고 생각한 것은 폐암으로 투병을 한 뒤로 하루하루를 보내는 것이 당연하지 않게 느껴졌기 때문일 것이다. 이전에도 말했지만 사람은 큰 상실을 경험하면 지금까지 당연하다고 생각하며 접했던 것이나 해왔던 일에 느끼는 의미가 매우 커진다.

가족이나 친구와 즐거운 시간을 보내는 일, 아름다운 풍경을 보는 일, 맛있는 음식을 먹는 일은 의식하지 않으면 당연하게 스쳐 지나갈 시간이지만, 이런 매일을 언젠가 잃을지도 모른다고 생각하면 매우 사랑스럽게 느껴질 것이다.

일본의 유명한 다인 센노 리큐가 말한 '이치고이치에'* 도 이를 뜻한다. 이제 다시 만날 수 없을지도 모르기에 지금의 만남을 소중히 하는 것. 이 생각은 고대 로마인의 '메멘토 모리(Memento mori, 죽음을 기억하라)'라는 가르침과

---

* 一期一会, 일생에 단 한 번 만나는 인연. - 옮긴이

도 비슷하다.

제2장에서도 썼지만, 중년의 위기에는 인생 전반의 '나는 계속 성장할 수 있다'라는 생각이 환상이라는 것을 깨닫고 노화와 죽음과 마주하게 된다. 그러나 노화와 죽음을 의식하는 일은 존재하는 모든 것이 끊임없이 변한다고 보는 불교의 무상관과도 연결된다. 그러면 눈앞에 있는 것이 당연하지 않고, 그곳에 어떤 종류의 깊은 감동이 생겨나기도 한다.

언제 죽음이 찾아올지 모른다고 직시하는 것은 괴롭지만, 아름다움을 느낄 수 있는 인생이 기다리고 있다.

어째서
마인드풀니스가
주목받는가

최근 마인드풀니스(Mindfulness) 명상법이 주목을 받고 있다. 현대인이 피로할 때 마음을 쉬게 하는 방법으로 많은 사람이 흥미를 보이고 있다. 마인드풀니스의 원류는 동양의 명상에 있다고 한다. 마인드풀니스를 간단히 설명하자면 '현재에 일어나는 일에 충분히 주의를 기울이는 것'을 가리킨다.

오른쪽 일러스트는 마인드풀니스에 해박한 정신과 의사 후지사와 다이스케 선생이 가르쳐준 것인데, 깨끗한 자연 속을 부모와 자녀가 걷는 모습을 그리고 있다. 아이의 머릿속에는 눈앞의 자연 경치가 그대로 펼쳐진다. 이것은 그야말로 마음이 채워진(mindful) 상태다. 그러나 함께 걷는 아버지의 머릿속에는 내일 해야 할 일로 가득(mindful)해서 아름다운 경치를 느낄 여유가 없다.

마인드풀니스에 사람들이 끌리는 것은 어떻게 해도 지금 이 순간을 살아가지 못하는 사람이 많다는 증거다. '남이 원하는 나'의 모습이 강하면 마음이 쉽게 채워지지 않지만, 그런 '남이 원하는 나'에서 해방되어 '지금, 여기'라는 느낌에 의식적으로 시선을 돌린다면 어린 시절의 감성을 되찾는 데 도움이 될 것이다.

'지금, 여기'라는 느낌을 충분히 느낄 수 있는 감성을 되

살리려면 깨끗한 자연 속이 좋을지도 모르지만, 도시 생활 속에서도 가능하다. 인간에게는 오감이 항상 작용하고 있으므로 자신이 무엇을 느끼고 있는지 제대로 의식을 기울여본다.

예를 들어, 밥을 먹을 때는 텔레비전을 틀지 않고 조용한 공간에서 식사를 한다. 우선 고슬고슬하게 잘 지어진 밥의 온기와 향을 즐긴다. 입에 한 숟가락 넣고 밥을 천천히 씹는다. 밥의 형태가 무너지면서 입 안에 천천히 단맛이 퍼진다. 그리고 목 넘김을 확실히 느껴본다. 이렇게 매일 무심히 먹는 밥도 먹는 과정에 의식을 집중하면 다양한 것을 느낄 수 있다.

아스팔트 위를 걸을 때도 한 걸음씩 발을 내딛는 느낌을 소중히 하면 우리가 지구의 중력에 끌리면서 대지 위에 서 있음을 실감할 수 있다. 최근 도쿄의 여름은 길고 매우 더워서 두 손을 들 정도인데, 내리쬐는 태양과 습기에 가득 찬 공기를 느끼는 것은 그야말로 도쿄의 여름을 그대로 음미하는 일이다. 여름을 확실히 맛보면 서늘한 바람 속에 아름답게 단풍이 물들어가는 가을의 정취를 제대로 느낄 수 있다.

마음으로
듣는
음악

나는 음악을 좋아해서 여러 장르의 음악을 듣는다. 마음이 답답할 때에는 클래식을 듣지 않고 재즈나 보사노바를 들으면 마음이 편안해졌다. 클래식 음악은 리듬이 확실하게 나뉘어서 각 연주자의 자유도가 비교적 낮고 주변에 맞추는 느낌이 들었다. 당시 마음이 갑갑했던 나는 그것이 듣기 힘들었다. 그러나 최근에는 클래식 콘서트에도 자주 간다. 연주자의 마음이 하나가 되었을 때 관객도 빨려 들어가는 일체감이 좋다.

그러나 '남이 원하는 나'의 모습에 얽매여 있을 때는 오케스트라를 들으러 가도 얼마나 연주 기술이 뛰어난지 보자는 마음이 들었다. 혹시 음이 틀리지는 않았는지 흠을 찾아내겠다는 태세였다.

쇼지 사야카라는 바이올리니스트가 있다. 쇼지 씨가 연주하는 시벨리우스의 '바이올린 협주곡'을 들었을 때 내가 음악을 듣는 방식에 큰 변화가 생겼음을 깨달았다. 시벨리우스는 핀란드의 국민적인 작곡가다. '바이올린 협주곡'은 매우 고요하게 시작해서 대지에 눈이 소복소복 쌓이는 느낌이다. 그런데 중간부터 매우 격정적으로 변한다. 마치 한파가 몰아치는 핀란드에서 무언가 아주 뜨겁게 불타오르는 이미지가 몰려온다.

쇼지 사야카 씨는 연주를 온몸으로 표현하며 매우 열정

이 넘치는데, 그 모습에서 다른 사람에게 어떻게 보이고 싶다는 의도는 전혀 느껴지지 않았다. 누군가는 그 커다란 몸짓이 과장되었다고 느낄 수도 있지만, 쇼지 씨의 '내가 원하는 나'의 모습과 연주하는 곡이 하나가 되어 그 세계가 멋지게 표현되고 있으므로 전혀 부자연스럽지 않았다. 나는 그 연주에 빠져들다가 감정이 북받쳐 올라 눈물을 흘렸다.

그리고 그 연주를 들었을 때 '나도 이런 음악을 느낄 수 있구나'라고 안심했다. 이전에는 동경하기만 했던 다니카와 슌타로의 시, 「살다」처럼 나도 살 수 있게 된 것이다.

이런 변화가 일어난 후, 연주를 듣는 방식이 완전히 바뀌었다. 전혀 마음이 떨리지 않는 연주도 많다는 것을 알게 되었다. 유명한 오케스트라의 연주라고 해도 마치 우승을 확정지은 뒤 나서는 스포츠 경기처럼 무미건조하게 음표만을 따라가는 연주도 있다. 그럴 때는 마지막까지 차갑게 지켜보다가 실망스러운 마음으로 홀을 뒤로 한다. 요즘은 무미건조한 전문 연주보다도 기술은 서툴러도 마음이 담긴 아마추어 오케스트라의 연주가 훨씬 좋다.

아스팔트에 피는
민들레가
아름답게 보이는가?

중년의 위기를 마주한 뒤에 사람이 목표로 하는 길을 융은 '자기실현' 혹은 '개성화'라고 했는데, 이것은 그때까지 '남이 원하는 나'에 지배당해서 억눌렸던 '내가 원하는 나'를 해방하는 과정이다. '개성화'라는 말이 가리키듯이 이제 이 과정은 누군가를 표본으로 하는 것이 아니다.

그러나 지금까지 말했듯이 나 자신의 경험이나 만났던 상담자들의 변화를 보면, 이루어낸 개성화의 형태에 어느 정도 공통점이 있었다. 그것은 제4장에서 말했던 사랑이며, 이번 장에서 말했던 아름다움의 세계다.

자신의 감성이 해방되면 아름다움을 많이 느끼고, 살아 있음을 실감하게 된다고 했다. 이제까지는 눈여겨보지 않았던, 아스팔트를 뚫고 힘차게 피어난 민들레에서도 생명력을 느끼고, '참 대단한 꽃이로구나'라며 감동하는 것이다.

즉, 중년의 위기를 헤쳐나가는 과정을 요약하자면, 언젠가 맞이할 노화, 질병, 죽음이라는 인생의 진실을 마주하고, 그때까지 중요시했던 지위, 업적, 자산 등의 가치가 퇴색되면서, 결코 가치를 잃지 않는 사랑과 아름다움을 깨닫는 것이다. 진실, 사랑, 아름다움이라는 세 가지 이정표를 마음속 어딘가에 두는 것은 인생 후반을 풍요롭게 보내는 데 소중한 힌트가 될 것이다.

※ 진실, 사랑, 아름다움이라는 세 가지 조합은 정신과 의사 이즈미야 간지 씨에게 영향을 받은 것이다.

맺음말

여기까지 읽어주신 여러분에게 감사의 마음을 전한다. 지금까지 중년의 위기에 대응하는 여러 가지 방법을 설명했는데 어떻게 느껴졌는가? 머리로는 이해했지만, 실천하는 것은 어렵다고 생각할 수도 있다. 한창 중년의 위기에 빠져 있던 나도 다양한 서적을 읽었을 때 그런 마음이었다.

내가 위기 한복판에 있을 때는 그야말로 울창한 숲속에서 혼자 헤매는 기분이었다. 그것을 빠져나온 지금, 당시를 돌이켜보면 충분히 이해가 가지만, 괴로움에 빠져 있을 때는 언제 출구에 닿을 수 있을지 앞이 전혀 보이지 않았다.

중년의 위기를 빠져나오려면 지금까지 해온 일과 정반대의 일에 집중해야 하지만, 이는 어려운 일이다. 인생 전반에는 '손에 넣는다, 도전한다, 노력한다'는 플러스 방향이 올바르다고 생각해서 나아갔지만, 인생 후반에는 전혀 다른 '놓는다, 포기한다, 적당히 쉰다'라는 마이너스 방향이 키워드가 된다. 이제껏 친숙했던 플러스 방향의 노력에서 멀어지는 것은 그리 간단하지 않다. 머리로는 중년의 위기의 이치를 이해하고 분명 그것이 정답이라고 생각해도 막상 하려고 하면 '정말 그럴까?', '그래도 괜찮을까?'라는 두려움이 얼굴을 내민다.

내가 겪은 위기를 돌이켜보면 30대에는 힘들어도 어떻게든 이를 악물고 노력했지만, 40대를 지나자 결국 버티기가 힘들었다. 이 무렵에는 '나는 쓸모없는 인간이야'라는 죄책감, 패배감을 느꼈다.

그때 암을 겪은 사람들이 나에게 말해준 것은 내가 나아가야 할 방향성을 보여주었지만, 실제로 그렇게 행동하는 데는 용기가 필요했다.

'저 사람들은 인생이 한정되어 있다는 것을 알고 있기 때문에 그렇게 할 수 있는 게 아닐까? 앞날이 길지도 모르는 경우에는 그럴 수 없을 거야.'

이렇게 생각하기도 했다. 다양한 자기계발서에도 비슷한 조언이 있었지만, 내용은 이해해도 그대로 실행하는 것은 역시 어려웠다.

그러나 용기를 내어 두려워하면서도 마이너스 방향으로 나아가기 시작했다. 처음에는 어떤 효과가 있는지 알 수 없었고, 노력하는 것을 어설프게 포기할 때가 가장 힘들었던 기억이 난다. 노력하는 것을 멈추기 시작했을 무렵 주변에서 이상하게 여기는 목소리가 들리면 몹시 불안했다. 그래도 점점 플러스 방향으로 가는 노력을 멈추자 풍경이 변했다. 나는 그것이 대략 45세 정도였다고 기억한다. 버티기가 힘들어진 뒤 편해질 때까지 거의 5년이 걸렸다.

지금은 이렇게 생각한다. 인생 전반에는 모두 성장하므로 인생은 경쟁이 아니지만, 다른 사람과 비교해서 차이가 벌어지는 것처럼 느껴진다. 반면에 인생 후반에는 모두 쇠퇴해가면서 차이가 줄어들고, 마지막에는 모든 사람이 죽음이라는 같은 목표에 도달한다. 그래서 다른 사람의 페이스를 신경 쓸 필요가 없다. 모두 함께 느긋하게 인생을 걸어보자.

마지막으로 내 상담자인 암을 겪었던 사람들과 그 가족에게 진심으로 감사한 마음을 전한다. 이번에도 많은 사람들에게 들은 이야기를 게재하겠다는 허락을 받았다. 이번에는 암 투병 후 겪는 외상 후 성장에 초점을 맞추어 글을 썼다. 그 과정에서 느끼는 고뇌와 새로운 마음을 얻었다 해도 늘 따라오는 불안과 상실에 대해서는 충분히 기술하지 못했다. 혹시 긍정적인 부분만 잘라낸 듯한 인상을 받는 사람도 있을 것이다. 그러나 어디까지나 이것은 중년의 위기를 헤쳐나간 뒤의 삶의 방식을 보이기 위해서다. 이 책은 암 투병이라는 관점에서는 그 일면을 묘사한 것에 지나지 않음을 마지막에 덧붙인다.

2020년 9월

시미즈 켄